COSACNAIFY

UNS CONTOS

ETTORE BOTTINI

Para Denise

E talvez haja moscas no Paraíso.

Eça de Queiroz

UNS CONTOS

APARAS

UNS CONTOS

GRAMA LEVE

Meu nome é Luiz Sellaio. Não o escrevo aqui por vaidade, como faria se me chamasse Leguisamo, Irigoyen ou Menezes. Esses não eram simples jóqueis, como eu, mas monstros do freio e do bridão. Escrevo porque era também o nome de um remoto tio-avô, e é dele que trata esta história, muito embora eu compreenda que é também a minha; que, para além da coincidência de nomes, as duas histórias se entrelaçam numa só.

O primeiro Luiz, que então ainda era Luigi, deu com os costados em Buenos Aires no ano de 1896. Era o mais jovem de três irmãos, seleiros de profissão, em um pequeno povoado sobre os rochedos, na costa da Calábria. Matara um homem em uma briga, na qual se misturaram facas, uma questão de terras e uma mulher. Os outros dois, Giuseppe e Antonio, venderam algumas joias da família e conseguiram embarcá-lo, em Nápoles, num navio da Oceania Società Anonima d'Emigrazione. Receavam, mais que um improvável policial, a família do morto e as tediosas retaliações de parte a parte, que eram (são) a praga do sul italiano. Só comunicaram o fato à mãe viúva e às irmãs semanas depois, fosse por precaução, fosse porque era assunto de homens.

O pouco que se sabe da viagem de Luigi permite supor que ele tenha sido discreto, como convém a um fugitivo. O modesto orgulho de ser artesão o afastou das querelas e brigas entre os lavradores pobres e louros do norte e os lavradores morenos e pobres do sul, uma das distrações de bordo. À outra distração, o baralho de escopa, não deve ter resistido, pois desembarcou na capital argentina com mais dinheiro do que possuía ao embarcar.

Três anos depois, enterrada a mãe e casada a última irmã solteira, os dois mais velhos partiram à procura do irmão. Haviam combinado, por segurança, que ele não escrevesse. A dificuldade de encontrar um homem, de paradeiro ignorado e talvez com outro nome, num continente estranho, não lhes ocorreu; esperavam, provavelmente, achá-lo ainda em Buenos Aires, cujas luzes não chegaram a ver. O navio que os trazia fizera uma escala na cidade do Rio de Janeiro, assolada, então, por uma epidemia de tifo; ao aportar na Argentina, a Costeira colocou barco, tripulantes e passageiros em quarentena. A companhia proprietária, para evitar prejuízos maiores, expulsou de bordo os passageiros em Montevidéu, onde o comandante da capitania era menos precavido ou mais subornável. O contratempo, ao fim e ao cabo, poupou-lhes buscas inúteis; um conterrâneo, garçom em um restaurante junto ao porto, conhecera e hospedara Luiz, assim se chamava agora. Souberam, pelo garçom, que o irmão realmente desembarcara em Buenos Aires, onde ficara até o dinheiro acabar. Em Montevidéu, trabalhara na selaria de um homem chamado Ortega. O resto do relato era inquietante, embora previsível. Luiz seduzira ou fora seduzido pela mulher do patrão. Descoberto, outra vez matara, outra vez fugira. Devia andar pelo Brasil, talvez no Rio Grande.

Há alguns hiatos na história a partir daí. Não se sabe, por exemplo, onde José e Antonio teriam aprendido agrimensura. O fato é que na primavera de 1903 estavam a medir as terras de um certo Pedro Huber, na região de Paso de los Libres e Uruguaiana. O trabalho rendeu o suficiente para comprarem uma tropilha de mulas de carga e alguns cavalos. O comércio incerto e nômade de tropeiros os levou cada vez mais para o norte. Imagino que não esperassem mais encontrar o irmão, mas o costume de perguntar por ele servia de introdução a conversas ocasionais. Por volta de 1920 haviam se estabelecido a oeste de Santa Catarina, onde criavam um punhado de ovelhas e cultivavam uma vinha de qualidade inferior. Aqui e ali, na região, espocavam conflitos entre imigrantes calabreses e piemonteses. Certa tarde apeou na casa um amigo; trazia de Lajes, como curiosidade, um jornal onde o editorialista, no tom retumbante da época, condenava a rivalidade entre os grupos, invocando uma comum cidadania brasileira; mencionava um tiroteio no hipódromo local, onde fora baleado um arruaceiro proibido de entrar na cidade, de nome Luiz Sellaio. Este abrira fogo contra um grupo do Piemonte, a pretexto de alguma provocação. Levaram-no para a delegacia "a esvahir-se em sangue", nas palavras do jornal. Ao revistá-lo, os policiais acharam um pistolim oculto no cano da bota; com ele, deram-lhe um tiro de misericórdia. Meu pai, Mattia, filho de Antonio, então apenas um menino, só entendeu o que acontecera meses depois; adultos não condescendiam ao diálogo com crianças. Lembrava, porém, que os dois continuaram a conversar até que o amigo se fosse, ao cair da tarde, quando tomaram o garrafão de grapa e trancaram-se no galpão. Durante a noite ouviam-se gritos e o som cavo de murros nas paredes de madeira.

Em 1946 acompanhei meu pai até Lajes, para exumar o corpo e enterrá-lo ao lado dos irmãos. Caminhando entre os túmulos, ele observou que eu me parecia com o finado. A afirmação desconcertou-me, embora eu tivesse apenas catorze anos. Sabia que ele jamais vira o morto em pessoa e que não existia dele fotografia ou retrato. Comprovei-o recentemente, ao examinar uma velha caixa de sapatos com o que restou de história familiar: um antigo daguerreótipo, emoldurado em metal, a imagem reduzida a uma nebulosa cinza; alguns retângulos de cartolina esverdeada, talvez bilhetes de navio; o recorte do aziago jornal e uma caderneta de campo, também usada como diário, que me forneceu algumas datas e os nomes de Ortega e Pedro Huber. Além disso, uma pequena trança de couro de uso indefinido, fotos de casamento de José e Antonio, e de um Mattia ainda criança, que conservo comigo. Aquela frase no cemitério, contudo, guardei na memória, talvez até pelo despropósito. No dia seguinte, a curiosidade levou-nos até o hipódromo, onde vi os cavalos, maiores e mais bonitos que qualquer pangaré que eu já tivesse montado. Meu pai conhecia um dos treinadores, e com ele consegui meu primeiro trabalho: auxiliar do auxiliar de cavalariço. Moço de cocheira.

Dizem que os índios recitam nomes de antepassados para o recém-nascido até que a criança, ao sorrir, escolha o seu. Dizem também que entre os esquimós um homem possui três nomes: um para a tribo, outro para os parentes e ainda outro, o verdadeiro, que só ele e os deuses conhecem; pronunciar esse nome acarreta a morte e o inferno. Não compartilho da crença romântica na sabedoria do bom selvagem, mas agrada-me a ideia de que um nome seja mais que um som qualquer que carregamos, que seja algo com peso e significado. Fantasio, às vezes, que o outro Luiz saltou com seu nome uma geração, para retomar comigo o que quer que tivesse interrompido. Nos domingos de sol, grama leve, quando estou sozinho na ponta e o disco se aproxima, com o canto dos olhos posso vê-lo a gritar, entre a confusão de rostos na arquibancada, e sei que apostou em mim.

AS PROVISÕES DO TEMPO

A água com pó de café abriu fervura e subiu espumando; o Turco desligou o gás, esperou que a mistura decantasse e serviu-se uma caneca. Verteu o resto em um filtro encaixado na térmica e sentou-se junto ao velho fogão a lenha, agora convertido em aparador e mesa: um maciço bloco de alvenaria vermelha e chapa de ferro encalhado no centro da cozinha. Testemunho de sua aposentadoria, pequenos objetos lentamente aderiam a ele: potes, toalhinhas de crochê, latas, porta-retratos e cinzeiros.

O relógio de parede marcava cinco e meia da manhã. Já clareava, embora o sol não estivesse à vista. Acabou de beber o café, lavou o pouco de louça que usara e fechou a garrafa térmica. Movia-se com cuidado para não despertar a esposa, que dormia no quarto ao lado. Os dois cômodos e o espaço da loja, abrindo para a rua sob o letreiro "A Favorita", formavam o núcleo original da casa. Esta aumentara como casca de caracol, na medida das necessidades, dos filhos e do conforto: dois banheiros, mais dois quartos, a sala de visitas e uma varanda a olhar para o que restara de quintal. Junto ao muro dos fundos, algumas roseiras onde antes ficava a latrina.

Saiu à rua por uma passagem lateral; para evitar a barulhenta porta da garagem, deixara a picape ao relento. Andou-lhe à volta enquanto chutava de leve os pneus, e acendeu um cigarro. Ainda era cedo para ir ao encontro do Walter.

Descera do ônibus naquela cidade, quarenta anos antes, meio por acaso, para tentar a sorte. A grande mala de mascate não estava completamente vazia, ao fim de seu roteiro de sempre, e aquilo o incomodava; fora isso, o ritual era o mesmo: hospedar-se na pensão, puxar conversa com a dona ou o dono e, por meio deles, fazer contato com as senhoras do local. Depois a reunião, sempre na casa de uma delas, a exibição inicial dos artigos, o preço, o inevitável regateio e as eventuais disputas por uma peça ou outra. No fim, fechadas as compras e anotadas as encomendas para uma futura e incerta volta, o cafezinho e dois dedos de prosa. A surpresa ficara por conta do marido da anfitriã, que o chamara à parte com uma proposta. A cidade – dissera ele, escolhendo as palavras – precisava de uma loja de insumos; não era agradável deslocar-se até as cidades vizinhas em busca de algumas latas de querosene para a geladeira, uma manga de lampião ou um produto veterinário qualquer. Além disso, o aumento do comércio seria bom para todos. Propunha-se a ceder um galpão e a adiantar o capital necessário para iniciar o negócio; seriam sócios até que o outro pudesse comprar sua parte. Antoine, o mascate, sabia que Walter, o dono da casa, era um jovem fazendeiro da região, não o maior ou o mais rico, mas aquele a quem os outros recorriam em busca de conselho. Falava com voz pausada e grave, com um ar circunspecto que o fazia parecer mais velho; ostentava um pequeno bigode que criava, paradoxalmente, o efeito oposto. O mascate, que mais tarde seria apenas o Turco, mexeu a colherinha na xícara por um momento. Percebia, atrás da aparente generosidade da oferta, a valorização da cidade e das propriedades do outro, mas também o entusiasmo dos olhos e a sinceridade da voz; além disso, estava cansado da vida errante, sempre longe da mulher e dos meninos. Estendeu a mão e, no dia seguinte, voltava para São Paulo com uma primeira lista de compras urgentes.

Planejar o futuro é exercício vão; Antoine viu A Favorita prosperar, vendendo desde peças para trator até doces em lata; viu a chegada da luz elétrica e do telefone; viu os dois filhos formados em engenharia e se viu, e à esposa, envelhecer. A relação comercial entre ele e o fazendeiro, ao contrário da regra, transformara-se em amizade quase fraterna. Mas a cidade não crescera como haviam esperado, permanecera à margem do dinheiro que circulava nas duas vizinhas maiores. O Turco não se importava. Acostumara-se à vida pacata e introduzia, aos poucos, alguma novidade na casa ou na loja; mandara buscar em São Paulo uma eletrola e todo sábado à noite, enquanto as mulheres tagarelavam na varanda, os dois amigos se instalavam em silêncio na frente do móvel de madeira clara e forro vermelho a ouvir música pontuada pelo baque dos discos a cair no prato. A eletrola fora depois trocada por aparelho mais moderno, os pesados discos de baquelite substituídos pelos de vinil, mas o costume de ouvir ópera aos sábados permanecera até a morte da esposa do Walter, havia três anos.

Deu a partida e engatou a primeira na picape às seis horas em ponto. Dirigiu algumas quadras, virou à esquerda e estacionou junto à calçada, onde o amigo já o esperava, a figura alta e magra em frente ao portão do jardim. Destravou a porta do passageiro e acenou para o outro, que entrou com os movimentos tentativos de quem enxerga mal.

– Acho que vai chover – disse o Walter.

O Turco assentiu com um movimento de cabeça. Estava acostumado às poucas palavras do velho fazendeiro. Viera a descobrir, também, com o tempo, que sua antiga loquacidade de comerciante era mais um dever de ofício que um dom natural. Uma exceção ocorrera dias antes, quando o amigo passara pela loja para combinar a viagem e mencionara um defeito no próprio carro para não confessar que a catarata já não lhe permitia dirigir. Precisava ir até o cartório de Ponta Porã para formalizar, finalmente, a transferência da fazenda para o novo proprietário. Dali a duas semanas estaria morando com a filha, médica, em Curitiba. Nada daquilo era novidade para Antoine: nem o falso defeito, nem a venda das terras, nem a profissão da filha, mas o nervosismo e a excitação do outro o inquietaram, talvez porque entrevisse para si igual destino.

O solavanco da lombada marcava o fim da rua principal e o início da estrada, ainda com cheiro de asfalto novo. O sol subira um pouco e entrava pelo vidro traseiro; Antoine sentia o calor na nuca e via a sombra da caminhonete projetada à frente. Aumentou a velocidade. Precisavam ganhar tempo na parte asfaltada, pois os dois terços seguintes eram de terra esburacada pelas águas. A noroeste, de onde vinham as tempestades naquela época do ano, podia ver a massa compacta de nuvens no horizonte, a chuva que o Walter previra. De resto, o caminho era uma reta quase contínua, com uma ou outra curva suave, e ele deixou que o pensamento vagasse, desconexo, entre os filhos, a estrada, suas famílias, o velocímetro, a esposa, o odômetro, a loja, de novo a estrada. Passaram a ponte sobre o rio que dava nome à cidade. Uma hora depois, estavam pudicamente a urinar um de cada lado da rodovia, já na parte de terra. O Turco abotoou a braguilha e voltou devagar para a picape. Olhou de novo para noroeste; as nuvens não pareciam ter aumentado e se esgarçavam mais.

– Não acho que vá chover – falou, meio para si mesmo.

O outro deu de ombros, acendeu um cigarro e abriu o quebra-vento para proteger a brasa. Antoine, agora concentrado na direção, procurava manter uma velocidade média, rápida o suficiente para transformar as irregularidades da pista em um trepidar contínuo, mas não tanto que o fizesse perder o controle em um solavanco maior. O Walter fumava e olhava a paisagem. A criação de gado se deslocara para a fronteira oeste e para o norte; agora um verde mar de cana se estendia dos dois lados da estrada, num perder-se de vista interrompido apenas pelo metal brilhante da usina ao longe. Tinha lá sua beleza eficiente, mas ele sentia saudade das largas pastagens pontilhadas pelo branco dos bois e a negra sombra das pequenas árvores retorcidas pelo vento.

Estacionaram na frente do cartório pouco antes das dez da manhã. Ao empurrar a porta de vidro escuro e aço escovado, o Walter voltou-se como quem se lembra de algo:

– É, não choveu mesmo – disse, e entrou.

O Turco observou através do âmbar a imagem do amigo diluir-se na sombra do interior. Piscou os olhos como quem desperta e dirigiu-se a uma padaria na esquina próxima. Ali poderia esperar, com uma média e um pão com manteiga.

NO BAR DO PADOQUE

Preste atenção, garoto, eu não devia mais chamar você assim, mas o costume, então, você não se importa, não é verdade? Bom, o que eu ia dizer é duas coisas, ouça quem sabe, você tem gana e isso é metade. A outra metade é que você tem que aprender, não pode fazer a curva daquele jeito, é mais joelho e menos rédea, também não pode ficar com o peito tão levantado, que aí é como um navio com a vela ao contrário, não parece, mas é. Estou falando, já parei, mas ainda sou *o* Mendez, de quando os caras falavam: Dá o cavalo para *o* Mendez, mas já fui só um G. Mendez de merda nos programas, bem antes de você chegar, por isso digo aprenda, não é só ficar em cima e descer o relho na reta, controle a corrida, olhe os outros e não se afobe, mas também não vacile na hora de dar o bote. É isso, controle é o que importa, estude, não faça besteira, leia alguma coisa. Você não vai aprender a montar com livros, é claro, porque nenhum foi escrito na sela, mas é diferente, eles são como gente mais velha como eu, alguma coisa sempre se aproveita. Veja só, tem um que eu lembrava, *A estadia no inferno*, do tal de Dante, e era um consolo, pode crer, porque o hospital onde eu estava era o próprio, e ajudava que alguém já tivesse pensado nisso. Não sei como, mas ajudava. Eu já era mais sambado do que você agora, vinha tudo macio como máquina importada, podia escolher montaria no meio da chuva de ofertas e, de repente, estanca tudo. É verdade que eu andava abusando, bebendo como gente grande, chegando de ressaca para os trabalhos, montando cada vez pior e ficando cada vez mais ansioso. Tinha acabado com a Laura, culpa minha, claro, que eu custo a fazer cagada mas quando faço é das boas, no fim já estava pendurando conta em boteco e jantando sanduíche. Aí, naquela madrugada, acordo com a dor no peito, menos dor e mais a sensação que deve dar quando o cara é enfiado num bloco de concreto, como nos filmes de gângster, e puxa o ar e o ar não vem. Não sei como cheguei ao hospital, peguei um táxi sozinho, aguentei, porque tudo é questão de aguentar, uns aguentam mais e outros menos, o cara de lá tirou uma radiografia e disse que eu tinha um derrame no pulmão, uma pleurisia, essas coisas românticas. Olhei a radiografia (era a primeira que eu via, a minha, depois vi uma porção) e levei um susto, o coração não aparecia, só um pulmão branco, outro preto, e ele falou que era assim mesmo, o coração não aparece e o pulmão bombardeado era justamente o branco, veja só. Foi aí que descobri que aquele hospital era uma espécie de escola, apareceu um bando de médicos, o primeiro de muitos, e perguntaram e olharam, enquanto iam dizendo para o mais novo deles, com uma enorme seringa na mão, como fazer para colher material, e eu pensava rapaz, seja um bom aluno. Ele devia ser, ou então eu tinha mesmo virado concreto, porque não senti nada quando a agulha entrou entre as costelas, aqui do lado. Depois foi a enfermaria branco-sujo, com aquelas camas esquisitas, e os enfermeiros-aprendizes que sempre erravam a veia na hora de pôr a agulha do soro. Um mês depois eu não tinha mais veias, as bichas se recusavam a aparecer para tomar a picada. A coisa foi ficando feia, o pulmão grudou nas costelas, me disseram, e enfiaram um dreno, que é uma mangueira que liga seu pulmão a uma garrafa, assim você pode cuspir sem usar a boca, e eu andava pra lá e pra cá, por ordem dos médicos, com aquele troço que parecia já fazer parte do meu corpo. Deixava ele bem à vista na hora das visitas, como piada. Algumas pessoas vinham ostentar solidariedade, se é que você me entende, mas a maioria era de amigos mesmo. A um deles, mais chegado, pedi que arranjasse a visita da Laura, e quando ela chegou escondi o dreno. Estava bonita e arrumada, como sempre, mas com aquele ar de favor ao último desejo do moribundo. Falamos pouco. Quando ela foi embora, fiquei olhando as moscas no teto e os companheiros de enfermaria. Lembro de um velhinho de couro curtido, com olhos azuis que brilhavam e um nome italiano, que aguentou firme. Outro, duas camas depois, era só pele e osso, durou três dias. Esse já estava tão fraco que se borrava todo, quatro, cinco vezes por dia, um cheiro do Cão, as enfermeiras vinham aos gritinhos e punham um biombo, e trocavam o coitado como se ele fosse um bebê, e ralhavam com ele. Quase cheguei a preferir o cheiro a um médico metido a turfista que vinha conversar sempre que podia. Um mês e tanto nessa toada, e eu já estava começando a pensar umas esquisitices, recordei uma história que meu pai lia para mim, de um tal Perseu que matou a Gordona, uma bruxa horrível e gorda, toda enroscada em serpentes, mas antes chegou uma deusa linda, alta e loira, de cinema, e perguntou se ele topava dar uma de herói e talvez morrer jovem, ou se preferia viver bastante e feliz como um bosta qualquer, e ele disse que topava, e ela deu a ele uma espada, um escudo e umas sandálias com asas, isso era o que eu mais gostava, as sandálias que voavam, então pensei bom, se é só escolher vou cair fora desta joça e ganhar todas as corridas que puder. Pensei no Bala de Prata, não convém dar esse tipo de nome a cavalo de corrida, se é matungo vira piada, mas aquele não, você nunca montou nem viu um avião igual, do tipo que decola na entrada da reta. Uma vez o cavalariço parou para conversar com um repórter e o bicho puxou ele pela manga com os dentes, querendo ir para a pista, e todo mundo riu, e o Bala, juro, riu também. Era um páreo comum, só preparação para um Grande Prêmio dali a um mês, manha, que a gente vivia num tempo dois segundos na frente, como diria o velho Einstein. Nos quatrocentos, voando na ponta, senti o Bala fraquejar; deu ainda um galão ou dois até eu perceber que ele tinha quebrado os dois anteriores, um já estava exposto, pulei no chão, embaixo dele, eu, que faço cinquenta e seis quilos, tentando escorar aquela meia tonelada com os ombros, chorando como uma besta. Qualquer outro cavalo teria sido sacrificado no ato, mas ele já estava vendido para os Estados Unidos por uma grana preta. Tentaram salvar o coitado, fizeram umas três operações, mas o fim foi o mesmo. Nunca dá certo, eles acabam morrendo de pneumonia, suspensos pelo peito, sei que você sabe, só estou falando porque lá pelas tantas os médicos resolveram me operar, eu também com o pulmão estourado, enfim, imaginei uma besteira, que ia escapar porque ele tinha morrido pelos dois. Quer dizer, aumentava a minha chance, sei lá. O sujeito que veio dar a anestesia mandou contar até vinte, e eu disse para mim mesmo vou foder com esse puto, vou até cem. Devo ter apagado lá pelo dez; acho que podia ir bem mais longe se eu estivesse legal. Acordei na mesma cama, com um dreno mais sofisticado, ligado a um motorzinho que fazia pop-pop o tempo todo, beleza, um dos meus sonhos de moleque era ter mão mecânica, a esquerda, cheia de instrumentos de aço inoxidável, como canivete de escoteiro. O pulmão estava funcionando, maravilha, acho que nunca cuspi tanto, catarro de mais de mês, já sentia o gosto horrível da comida e conseguia pensar em mulher, depois de tanto tempo estava até achando uma das enfermeiras apetecível, mas estava tão pastel que o zezão nem se mexia, e descobri uma coisa engraçada: que mulher faz falta, mesmo sem tesão.

Melhorei aos poucos. Um amigo jornalista me levou este chicote de montaria, que no Sul é rebenque. Presentaço, vê? com desenhos de ouro no cabo e um couro de primeira. Não serve pra montar a sério, inclusive está fora do peso. Mas é como o cetro de um rei, que não é arma de verdade. Na hora enfiei embaixo do travesseiro, de medo que alguém roubasse. No dia seguinte tive alta. Agora não mais, mas quando ainda trabalhava os cavalos, de manhã cedinho, brincava com ele um pouco, antes de ir para a pista. Dei um trato nele outro dia com óleo de amêndoa, porque estava meio ressecado. Esse chicote me deu sorte, garoto, é por isso que vou dar ele pra você, que é pra isso que ele serve.

HEY, JOE

Where you gonna go?
William Roberts

Raulino levou a mulher e os filhos para o Norte, onde a terra era farta e de quem a tomasse. E lá plantaram e criaram gado, e prosperaram durante um par de décadas. E então vieram anos ruins; no primeiro, os céus se reuniram e despejaram quanta água havia, e a água lavou a terra e destruiu as estradas; depois vieram anos de seca, e as colheitas minguavam, o gado definhava no pasto ralo e não havia como levar a boiada magra até os compradores do Sul. Quando tudo passou e o clima se tornou novamente ameno, poderiam ter retomado a antiga prosperidade; mas os filhos dos filhos já não trabalhavam como os pais e aos poucos abandonaram a região em busca da vida mais fácil das cidades.

Um dos últimos a partir foi outro Raulino, conhecido simplesmente como Neto, que abraçara a profissão de matar homens por dinheiro. Era um rapaz tímido, que raro articulava uma frase com mais de cinco palavras; usava pesados óculos de míope, que lhe emprestavam alguma personalidade. No mais, era alto e ossudo, com grandes mãos de dedos espatulados. O avô o desprezava, menos pelo ofício indigno e mais pelos dilatados ócios que este propiciava. Nos intervalos de semanas ou meses entre um trabalho e outro, Neto cultivava a preguiça na rede armada na varanda, ao lado de um rádio de pilha e da cuia de tereré. No fim da tarde, limpava e lubrificava meticulosamente o Smith & Wesson. Depois de lavar-se na bica e trocar calção e sandália por calça e sapato, subia no jipe e dirigia até a zona do meretrício no vilarejo próximo.

Algum contrato o levou até a pequena cidade de Entre Rios, no sul do estado. E ali foi se deixando ficar, pois se enrabichara com uma prostituta, como acontece com outros tantos jovens desgarrados. Embora a moça encorajasse o namoro, devia saber-se posse de Manuel, o cafetão da cidade. Este possuía um capanga, algo entre mordomo e imediato, com funções difusas como manter a ordem no bar e no bordel e outras pequenas tarefas; carregava a alcunha de Paraguaio não pela origem, mas pelo cabelo duro e liso e pelos traços de índio. Cobiçava, como todo segundo, o lugar do primeiro e de alguma forma se fizera amigo e confidente ocasional do pistoleiro. É possível, embora não se possa provar, que tenha desempenhado algum papel nos fatos que se sucederam. Talvez tenha, apenas, farejado a oportunidade. Reconstituir aquela noite, porém, esbarra no fato de que dois dos personagens principais não estão mais disponíveis para corroborar ou negar o relato do Paraguaio. Segundo ele, o romance dos jovens era conhecido dos frequentadores, e motivo de piadas no bar. Isso não incomodava Manuel, enquanto o rapaz se conduzisse como cliente; o que o incomodava era a moça descuidar-se do trabalho. Mas era prático, como bom homem de negócios; mediante alguma compensação, não teria objeções em liberar a mulher, nem interesse em criar caso com o namorado. Até aí, tudo muito plausível e comprovável, qualificativos que não se aplicam à conversa que o capanga teria tido com Neto, e que transmitiu ao chefe. Este não se surpreendeu com a essência do recado, ter de abrir mão de uma funcionária não era algo tão incomum. Surpreendeu-o, pode-se supor, o horário e o local sugerido, mas aquilo podia ser atribuído à timidez do rapaz. O Paraguaio parecia inquieto e algo inseguro. Servil, ofereceu-se para acompanhar o patrão no encontro, afinal, lembrou, era um *garoto perigoso*. O débil e talvez involuntário oximoro não deixou ao orgulho do outro senão a opção de recusar a oferta. Manuel levantou-se da mesa onde bebia com alguns amigos e dirigiu-se sozinho ao local combinado.

O velho sobrado, a única casa de dois andares construída na cidade em todos os tempos, era uma quase ruína. Alguém, algum dia, nela vivera, dormira e sonhara, mas ninguém da região saberia dizer seu nome. Neto estranhou o lugar, deserto e na saída para a rodovia, mas a noite de lua cheia estava clara e limpa; deixara para trás o último poste de luz, mas ainda podia ouvir, abafado pela distância, o som da música e a algazarra do bordel. A pessoa que procurava não estava à vista. Deu de ombros e atravessou um jardim decrépito até o retângulo negro onde um dia fora a porta de entrada. Quando os olhos se acostumaram à penumbra, pôde distinguir a um canto um desconjuntado tamborete. Arrastou-o para o centro da sala e sentou-se a esperar. Finalmente, depois de minutos ou horas, não saberia dizer, o vulto de um homem se recortou no vão da porta, entre ele e a claridade da rua; então, levantou-se e atirou. Talvez tenha interpretado algum gesto da sombra como ameaça. Talvez quisesse realmente conversar mas não atinasse com as palavras, recorrendo por isso à única linguagem que dominava. A prática lhe dizia que acertara em cheio, pois o vulto fora projetado para trás sem girar sobre si mesmo. Saiu e contemplou, perplexo, o cadáver esparramado na macega e a noite. Nesta, em aparência, nada mudara: a lua continuava pousada sobre a mesma mangueira, e a mesma monótona música se repetia ao longe. Sabia, porém, que aquela não era uma morte impessoal como as outras. Aquela levava sua cara e seu nome.

O MESMO RIO

And pluck till time and times are done,
The silver apples of the moon,
The golden apples of the sun.

The Song of Wandering Aengus, W. B. Yeats

O sol seca o que resta de orvalho no capim. Um pio, um coaxar, o estalar do mato seco sob nossas botas, os sons da manhã, que não estariam completos sem o zumbir dos mosquitos. Menor que uma ponta de agulha, mas ainda assim perceptível: um deles, mais esfomeado, pica minha perna através da calça grossa de brim. Uma palmada basta para interromper-lhe o desjejum e aliviar a coceira.

Alan já desceu o barranco e faz sinal para que eu me apresse. Carregar caniços e tralha de pesca é fácil, vem aqui carregar a caixa de isopor, respondo. Atrás, ouço a risada de Mensana, equilibrando os ingredientes para o rabo de galo: vermute, cachaça e limão-cravo. O jipe ficou estacionado lá em cima, ao lado da ponte, e ainda é possível ver sua capota, mas o ruído dos caminhões a passar chega abafado, como se o rio lhes impusesse silêncio. Borbulha e regurgita por debaixo dos arcos, a água castanho-avermelhada a encrespar-se nas margens contra algum arbusto submerso. Foram as chuvas, diz Alan, olha a marca nas pilastras; já desceu um tanto mas ainda está barrento. Não é o ideal, mas é o que vai dar hoje. Vamos passar aquela curva, diz Mensana, pode haver um lugar menos inclinado para largar a tralha.

A minhoca continua a se retorcer, apesar de dividida em três pedaços. Visto o anzol com a parte que me cabe: seguro o anelídeo entre o polegar e o indicador, introduzo a fisga com a outra mão e empurro o verme para baixo até ele fazer a curva e cobrir a haste. Uma pasta com cor e cheiro de barro sai do interior. Os mosquitos estão à toda, gostaria de acender um cigarro para espantá-los, mas não quero contaminar a isca. A chumbada é leve, o que basta para afundar na corrente; assim que jogo o anzol sinto um pequeno e firme tranco na ponta da vara: lambari rebrilhando ao sol, levanto o caniço com a direita e o apanho com a esquerda, lâmina viva de aço inoxidável a debater-se na mão que o aperta; ao retirar o anzol, um mínimo som de cartilagem quebrada. Os irmãos estão rindo, sim, eu sei, é só um lambari, e o que vocês têm aí? Quase ao mesmo tempo os dois fisgam iguais joias de prata e nadadeiras vermelho-sangue. Vamos usar de isca, diz Alan, vou fazer uma linhada com mais chumbo e jogar lá no meio.

A maleta de metal onde guardamos a tralha de pesca tem algo de cartola mágica: enquanto Alan monta a linhada com uma garateia a metro e meio da ponta, Mensana extrai da maleta uma tábua pequena e uma velha faca de cozinha tantas vezes afiada que a lâmina faz uma curva côncava contra o dorso. Cortamos os lambaris em tiras, e é uma pena, porque são belos e, de pronto, são restos de carne morta a manchar a tábua com sangue fresco. Não gosto de pescar com linhada, então embrulho alguns pedaços de peixe em uma folha larga, enfio no bolso de trás da calça e desço o rio, a vara na mão esquerda, o corpo inclinado contra o barranco à direita. Uns cinquenta metros abaixo, chego a um lugar que parece bom, um remanso, um poço aumentado pela cheia e sombreado por uma árvore que parece um castanheiro. O lado em que estou parece ser o mais fundo; no oposto, as pontas de uma touceira coberta pela água indicam enrosco certo. Deixo cair o anzol no centro do poço, dois, três segundos, e sinto um violento puxão na linha, uma sacudida que vem até o ombro. Não fui ligeiro o suficiente, o anzol volta vazio e limpo de isca. Com o coração em disparada coloco outra tira de carne, parece haver alguma coisa grande ali, e com fome. Respiro fundo e baixo a linha com cuidado, a atenção concentrada na ponta dos dedos, pronto para reagir ao primeiro sinal; filho da mãe, foi mais rápido de novo. Não está abocanhando, o malandro está mordendo e puxando. Bem, peixe, mas eu sou mais esperto, desta vez apenas desço a linha, conto um, dois, dou um sacão e sinto que o peguei bem no meio da mordida. Levanto da água, sem muita luta, uma traíra de palmo e meio, lixo, não que a carne seja ruim, mas é puro espinho. É um peixe feio e roliço, cinza-chumbo no ventre e negro no dorso, a boca larga e vermelha com pequenos dentes triangulares. O anzol lhe atravessou a bochecha perto do olho direito, e ele o morde furioso, mas não pode fazer muita coisa, imobilizado entre o chão e a sola da minha bota. Sinto uma estranha repulsa pelo animal, a aparência, talvez, ou a maneira como ataca os outros peixes, emboscado nas sombras. Está bem, pequeno monstro, pode voltar para o rio.

A excitação da escaramuça ainda não passou. Acendo um cigarro e me sento embaixo da arvorezinha, as costas apoiadas no tronco, a olhar e ouvir a correnteza. Apago a guimba com o calcanhar, arranco um punhado de capim e esfrego na mão. Recolho a vara e retrocedo, margem acima, até o lugar onde estão os outros dois. Nada, nadinha, diz Alan. Escutem, sugiro, se o que tem é lambari, por que a gente não pega o suficiente para uma frigideira? É uma ideia, responde Mensana, os velhos não devem estar contando com peixe nosso, de todo modo. Vai ser a entrada para o churrasco.

Num saco de estopa amarrado pela boca e pendurado com o fundo dentro d'água, acumulamos os peixes. Podemos comprar cerveja na volta, digo. Bobagem, responde Alan, assim que o Miguel avisou que vocês vinham passar o feriado, o pai encomendou duas caixas. Olho para Miguel e pergunto a origem do apelido. Foi no científico, responde, o professor de cálculo, um cretino integral. Eu não era mais burro ou menos inteligente que a média, mas o cara implicava com meus feitos atléticos. Era Mens Sana, às vezes só Mens, depois foi juntando. Na verdade, eu gosto, e as meninas também, tem um charme meio truculento.

Está mais que bom, diz Alan ao jogar outro lambari para dentro do saco e recolocá-lo na água. Já tem umas duas dúzias, diz ainda. Então chega, hora do rabo de galo, decreta Mensana. Da maleta-cartola retira um socador de madeira e do isopor três copos de vidro grosso, desses de geleia. Quebra o gelo na mão em concha com o socador, depois despeja os pedaços nos copos. Esfrega a faca na terra, diz Alan, e lava no rio antes de cortar o limão, a faca deve estar com cheiro de peixe.

A cor do vermute, da cachaça e do limão misturados ao gelo é um cobre tirante a dourado contra a luz. Será que o nome é por causa da cor? pergunto. O nome é tradução literal de *cocktail*, responde Alan. Ainda assim continua sendo rabo de galo, digo. Se for pela cor, esse deve ter sido o primeiro inventado, diz Mensana, porque tem até coquetel azul. Rimos. Mais uma rodada. Levantamos do rio o puçá improvisado, está pesado, mesmo depois de escoar a água. Despejamos a massa prateada e pululante no que restou de gelo no isopor.

A sombra da casa avança pelo quintal, metade terra, metade um velho piso de tijolo. A parte de terra foi varrida recentemente, no chão há apenas uma ou outra folha seca. O Doutor instalou a churrasqueira perto do cajueiro que fica ao lado da goiabeira que fica ao lado do limoeiro. É uma peça de tecnologia regional, metade de um grande tonel cilíndrico cortado longitudinalmente e soldado numa estrutura de hastes de ferro que serve de pés e de suporte para grelhas e espetos. O fundo côncavo é forrado com tijolos, para evitar o contato direto da brasa com o metal. Ainda está fumegante, mas não há mais nenhuma carne, e os dois cachorros a rodeiam, desconsolados e incrédulos, pois o cheiro de assado não se esvaiu de todo. Estamos sentados em cadeiras de armar, de ripas de madeira e assento baixo, junto a uma mesa também de pequena altura, parte do mesmo conjunto, atulhada de garrafas e cinzeiros. A cerveja tem um sabor diferente, mais amargo que o normal. É de Agudos, esclarece o Doutor, quando menciono o fato; às vezes chega uma partida de lá e o rapaz do depósito reserva para mim. Sou capaz de distinguir de olhos fechados se a cerveja vem de Agudos, Belo Horizonte ou Ribeirão Preto. Podem rir, vocês não percebem porque têm o paladar estragado pelo fumo. Por falar nisso, observa Alan, o tempero foi só limão, sal e fubá, mas o lambari estava demais. Do rio para a frigideira, mais fresco impossível, observo. Boa mesmo estava a maionese da Mãe, derrete-se Mensana. A mulher de meia-idade, atrás do Doutor, faz um gesto de pouco-caso com a mão, mas o rubor e o riso tímido mostram que o elogio foi bem-vindo. Fila um gole no copo do marido e volta para dentro de casa. Hora da novela.

Os cachorros se aquietaram com o pôr do sol. Deitados rente às cadeiras, cabeça entre as patas da frente, acompanham a conversa, orelhas espetadas de pastor. O ar está muito limpo, mesmo para uma noite do interior, e as estrelas têm um brilho duro e fixo: quase dá para acreditar em esferas de cristal. É uma pena que vocês tenham que voltar amanhã para São Paulo, diz o médico. Não tem outro jeito, respondo, estamos no meio de um projeto grande e o escritório só tem dois desenhistas, o Mensana e eu. Se fosse pela faculdade, dava para ficar o resto do mês, o curso está uma droga. Está tão ruim assim? pergunta o Doutor. Confirmo com a cabeça e para mudar de assunto pergunto ao Alan como vai o curso de medicina. Começo a residência no ano que vem, ele responde. Lá em

Campo Grande não acontece muita coisa, o curso vai indo como sempre. Venho para cá quase todo fim de semana, são só duas horas de estrada, mas os velhos sentem saudade do Miguel e de você também. A gente gosta de ter vocês por aqui, diz o Doutor, só isso. Assinalo um ponto luminoso entre as estrelas, o ponto se desloca em velocidade constante, mas não é avião. É um desses satélites meteorológicos, diz Alan, passa sempre neste horário. Eu gostaria de ver um cometa, diz Mensana; Pai, você viu o Halley? Não sou tão velho, ri o Doutor, o Halley passou em 1910. Mas meu pai viu, e dizia que era lindo. Vai voltar em 1986, daqui a catorze anos. É muito tempo, digo. Muito tempo para vocês, que têm vinte e poucos, mas não é não, responde ele. Podemos combinar um encontro aqui, quando ele passar de novo, todos nós, diz Alan. Não adianta combinar essas coisas, diz Mensana. Completo meu copo com mais cerveja e me reclino na cadeira: a Via Láctea não me lembra leite, mas talco, polvilho antisséptico. Sorrio em silêncio. Então o cometa de Halley vai voltar em 1986. É algo com que se pode contar.

MUNDO NATURAL

Quatro mil e quatrocentos quilômetros. Mil e cem na ida, mil e cem na volta. Mais uma ida, mais uma volta. Logo, quatro mil e quatrocentos. O ônibus manobrava junto à plataforma de desembarque e Miguel se refugiava na aritmética para não pensar na inesperada morte do pai e no enterro. Difícil, pois fora a razão de tantas horas na estrada. Cinquenta e seis horas, para ser preciso. Catorze horas em cada viagem, vezes quatro, cinquenta e seis. Tudo isso num espaço de cinco dias, ou seja, cento e vinte horas. Metade do tempo num ônibus, e dormir na cama parecia um luxo distante. Mas agradecia aos músculos doloridos, concentrar-se neles também ajudava o cérebro a operar apenas na superfície. Certa vez contemplara indiferente o dedo médio, estourado numa serra circular: a pancada fora tão forte que a mão não doía, estava dormente e pesada, como se não fizesse parte do corpo. A sensação era a mesma, de alguma forma deixara a dor para trás em algum ponto da estrada; mais cedo ou mais tarde ela o alcançaria, mas não agora, ainda não. Então, metade de cento e vinte, sessenta, cinquenta e seis são quatro horas a menos, e quatro horas são um sexto de dia.

Desceu para a plataforma com a pequena valise a tiracolo e olhou para o céu. Algumas nuvens de chuva apressavam o fim do dia. Descartou a hipótese de um táxi, da estação final do metrô até sua casa era uma caminhada pequena, talvez nem chovesse. Ajustou a alça no ombro enquanto andava em direção à escada rolante, as costas reclamaram: pequenas agulhas doloridas se espalharam da nuca para os ombros e, daí, desceram até os rins; moveu o pescoço, girando lentamente a cabeça: pareciam enterrar-se ainda mais na carne. Ótimo.

Escapou das primeiras gotas de chuva ao abrigo da marquise, procurou pelas chaves na bolsa externa da maleta. O prédio em que morava não tinha porteiro noturno e o zelador não estava por ali, notou com alívio: não se sentia disposto a trocar civilidades. No elevador, um andar antes do seu, um cheiro de feijão cozido misturou-se ao de polidor de metais e lustra-móveis. Lembrou-se de que esvaziara e limpara a geladeira antes da primeira viagem; de todo modo não estava com fome, comera alguma coisa na estrada. A porta do apartamento resistiu um pouco antes de abrir, e ele a forçou, sabendo que amassava as revistas que o zelador teimava em enfiar pelo vão rente ao assoalho. Havia mais algumas cartas, folhetos de propaganda na maioria. Deixou que ficassem onde estavam, em rara concessão à desordem. Queria apenas fumar um cigarro e dormir numa cama de verdade, vestindo um pijama de verdade.

Abriu a janela e deixou que o ar fresco e úmido substituísse a atmosfera pesada do quarto. Era agradável estar em casa e sentir a maciez do colchão. Puxou o cobertor até o peito, acendeu o cigarro e tomou da mesa o controle remoto da televisão. O aparelho, na parede oposta à cabeceira da cama, já estava sintonizado no canal de filmes de natureza. Alguns lagartos saíam de cena e o narrador introduzia os novos protagonistas, as borboletas-monarca, belo nome, e eram realmente muito bonitas, asas amarelo-laranja com bordas pretas. Então, era assim: elas estavam no sul do Alasca, o outono chegava ao fim e os dias esfriavam; algumas erguiam voo e de pronto, em rápida progressão geométrica, todo o bando estava nas alturas, uma nuvem de poeira colorida a seguir as correntes de vento frio, ao longo da costa do Pacífico. Semanas depois, as sobreviventes estavam nas florestas da América Central, a quatro mil e oitocentos quilômetros de distância. Quase empatei com elas, resmungou. Mas tudo aquilo parecia trabalho inútil. Por que não se estabeleciam de vez nas regiões mais quentes? Adormeceu com a ideia de que talvez as monarcas apenas gostassem de viajar, como os salmões e outros bichos.

Acordou com o barulho do televisor ainda ligado e tateou a cama à procura do controle. Desligou o aparelho e olhou para o relógio: quase meio-dia, dormira mais de quinze horas. A meio caminho do banheiro, lembrou-se de que era sexta-feira. Pedira licença no trabalho e ninguém o esperava antes de segunda, mas já estava de pé e não sentia mais sono. A roupa de viagem continuava no chão; esvaziou os bolsos e jogou a roupa no cesto da lavanderia, junto com o pouco que restara na valise. Lavou-se, enfiou um roupão por cima do pijama e tomou o rumo da cozinha na esperança de que ainda houvesse pó de café na lata. Havia.

A escrivaninha ficava no canto mais claro da sala, junto à grande janela de vidro. Levou para lá a correspondência; jogou os folhetos de propaganda no lixo, separou algumas contas urgentes, telefone, eletricidade, e folheou distraído as revistas, fumando e bebericando o café. Empurrou a cadeira para trás e olhou para fora: a chuva da noite anterior se transformara em fina e persistente garoa. Ao levantar para servir-se de mais café, viu a mariposa no beiral inferior da janela. Uma mariposa morta é algo merecedor da mesma atenção que se dá a um papel amassado na rua, mas aquela era enorme, seguramente a maior que já vira, mais de um palmo de ponta a ponta das asas. Devia ter entrado à noite pela janela aberta da cozinha, nos fundos, atraída pelo pouco de luz da iluminação pública que entrava pela janela da sala, e topara com aquela barreira incompreensível de vidro. Admirado com o tamanho do inseto, aproximou dele o cesto de papéis e tentou empurrá-lo para dentro com uma caneta esferográfica. Seu susto foi talvez menor que o da mariposa, que estava viva e alçou um voo desesperado, tentando mais uma vez atravessar a vidraça, subindo por ela, a bater freneticamente as asas, as perninhas tentando agarrar-se à superfície escorregadia; mas estava muito fraca e, aos poucos, deslizou para baixo até parar imóvel na posição anterior. Miguel riu-se do susto, em silêncio. Ia abrir o vidro e espantá-la, mas talvez fosse pior para ela, na chuva e na luz do dia, e cansada como estava. Melhor abreviar sua agonia. Enrolou uma revista, mas aquilo não parecia direito, era quase como matar um pássaro. Contemplou-a, indeciso; era bonita, a seu jeito discreto. Um intrincado padrão de ocres, cinzas, marrons, branco e negro-carvão repetido nas duas asas; aquilo o levou a pensar em outras repetições, adormecera com borboletas e acordara com a mariposa. Repeliu, irritado, a ideia; estava forjando coincidências, tentava extrair algum sentido do acaso. Quatro mil e quatrocentos quilômetros não são quatro mil e oitocentos, mariposas não são borboletas, aqui não é o Alasca e organismos vivos decaem e morrem. O desenho especular das asas não resultava de dois fenômenos distintos, mas de um só, como despejar pigmento num papel dobrado e depois abri-lo, um teste de Rorschach idiota. Resolveu deixá-la ali mesmo, não devia restar-lhe muito tempo, ela que morresse como pudesse.

Depois de preencher a tarde com tarefas como ir à lavanderia, reabastecer a despensa, organizar a mesa de trabalho e flanar pela cidade úmida, o jantar no pequeno e familiar restaurante do bairro fora reconfortante. Recuperava a rotina, forma do mundo de cada um. Ao voltar para casa, parou surpreso junto à porta: um ruído estranho vinha do interior, ritmado demais para ser produzido pelo vento, mas, o que era tranquilizador, fraco demais para vir de uma pessoa. Abriu a porta e viu a silhueta negra da mariposa a debater-se contra a janela, com força suficiente para balançá-la. Esquecera-se dela por completo. Ficou a observar, com uma ponta de medo, o vigor daqueles tapas moles e inúteis na vidraça. Acendeu as luzes e a mariposa se imobilizou, assustada, ou então indecisa entre duas claridades. Pelo visto, o descanso do dia lhe servira para recuperar as forças e continuar a luta por mais uma noite. Não escorregara pelo vidro, segurava-se quieta no perfil de ferro junto à maçaneta, para não despertar a atenção do possível predador. Poderia espetá-la num cartão depois de morta e emoldurá-la, se não danificasse as asas no processo. Um colecionador de borboletas, tempos antes, lhe ensinara como fazer: ao espetar o alfinete, quebra-se o tórax com uma pequena pressão, as asas se soltam e podem ser recolocadas na posição do inseto vivo.

Comprara jornais e revistas e lia na cama quando percebeu que sua companheira acidental retomava os esforços para sair, na sala às escuras. O barulho ininterrupto era irritante, mas a imagem das belas asas emolduradas acalmou-o: era um pequeno aborrecimento por uma noite, duas no máximo. Fechou a porta do quarto e voltou à leitura. Ainda podia ouvi-la, mas agora já não o incomodava. Ao cumprimentá-la na manhã seguinte, com um leve toque na borda da asa esquerda, a resposta foi um curto e exausto tremor.

O silêncio, uma das razões por que morava onde morava, agora o repelia. Reviu mentalmente uma lista de amigos a quem poderia visitar, sabendo-se incapaz de fazê-lo. Vestiu-se e saiu sem propósito definido. Após o almoço, desperdiçou duas horas num cinema. Terminado o filme, não tinha noção da trama ou dos personagens. Em duas livrarias, procurou livros sobre mariposas.

Na primeira, o vendedor lhe apresentou um alentado volume, capa dura e fino papel de algodão, com reproduções de aquarelas. A maioria das lâminas, claro, era de borboletas; uma solitária página dava conta das plebeias mariposas. Folheou o livro, esperou o rapaz atender outro cliente, e explicou que gostaria de saber quanto tempo elas viviam, o que comiam, por que eram atraídas pela luz, e assim por diante. Depois de uma inútil consulta ao catálogo, o rapaz lhe indicou outra livraria. Lá, na seção de biologia, achou um pequeno trabalho sobre o ciclo de vida de uma *Automeris illustris*: detalhada descrição das passagens de ovo a lagarta, construção do casulo, transformação em pupa. O processo durava quase um ano. Inexplicavelmente, a partir da eclosão da mariposa o pesquisador parecia perder o interesse, como se o resto da vida do inseto nada significasse. Enfim, não importava. Não podia prever quantos dias restavam a sua prisioneira, pois desconhecia sua vida anterior.

A noite o apanhou num misto de bar, restaurante e dancing que não frequentava havia muito, o que tornava improvável um encontro com alguém que conhecesse. Diante dele, o quinto copo de uísque, pelo que recordava, e uma falsa loira rechonchuda, mão de unhas escarlates a brincar com um bizarro drinque azul. Dançara com ela algumas músicas e seu sorriso indicava que estava pronta para ser convidada para as atividades subsequentes. Prestes a fazê-lo, lembrou-se do terror pânico que assalta as mulheres na presença de insetos. Imaginou a cena, o pedido para matar o bicho ou livrar-se dele, a recusa, a necessária explicação de algo que ele próprio não compreendia. Balbuciou uma desculpa incoerente enquanto chamava o garçom para pedir a conta e um táxi. A mulher o olhava entre furiosa e irônica; para não esperar o troco, deixou uma gorjeta talvez excessiva. Mal reparou na barulhenta hóspede ao chegar em casa; sabia que dormiria o sono pesado do álcool.

Pela manhã, sentado no fundo da banheira, a água da ducha a bater-lhe nas costas, sentia-se quase feliz; os dias anteriores pareciam reunidos numa bolha de memória difusa e distante. A cabeça ainda pesava, mas nada que uma aspirina não resolvesse. À sua frente, a perspectiva de uma semana de trabalho e da volta à normalidade. A caminho da cozinha, com a toalha enrolada na cintura, notou a mariposa sobre a mesa, no centro da sala, pousada junto ao cinzeiro de cristal. Experimentou-a, tocando-a: ainda estava viva, embora já tivesse desistido de qualquer novo esforço. Sentou-se no chão, com o olhar quase ao nível do tampo, e viu-lhe pela primeira vez o rosto. É estranho, refletiu, formamos delas a imagem de um par de asas, como se, ao lembrar de alguém, víssemos apenas os braços. Mas não, elas possuem um corpo, pernas, e uma cara. Admirou o claro e delicado veludo que a recobria e a cabeça em forma de tetraedro invertido, truncado na junção com o corpo. No vértice inferior da face triangular, a longa tromba enrolava-se em perfeita espiral; na parte superior, os olhos, duas pequenas esferas negras que piscavam, irradiavam uma luz dourada. A luminescência, concluiu, era algum processo fotoquímico, como nos vaga-lumes, relacionado ao oxigênio. Podia acompanhar sua respiração, tentou seguir o ritmo; mas o arfar do inseto era rápido demais, e logo desistiu, ofegante. Quedou-se ali por longo tempo, hipnotizado pela pequena esfinge de rosto imutável, exceto pelo acender e apagar dos olhos. O desconforto da toalha úmida e fria tirou-o do transe. Havia muito que a luz dourada não reaparecia. Acabara. Avançou a mão e empurrou o diminuto cadáver, que deslizou sem resistência ao longo da mesa. Não era uma morte lá muito diferente de qualquer outra, pensou, a solidão, o medo e, sobretudo, um infinito cansaço. E, enfim, a dor o alcançou. Resignado, sentiu-a desprender-se na região do diafragma e subir em espasmos, um muco morno a derramar-se pelo nariz, olhos e boca. Quatro mil e quatrocentos quilômetros.

UM TURNO DE SERVIÇO

O espaço que a execução de Jesus de Nazaré ocupa nos evangelhos é, considerada a dimensão dramática do evento, relativamente pequeno. A iconografia referente, por outro lado, é vasta; sua proliferação, desde a Idade Média, reflete a estratégia da Igreja de impor a cruz como símbolo por oposição ao peixe do cristianismo primitivo: o martírio em substituição à abundância. A maioria das imagens, clássicas ou barrocas, italianas ou flamengas, não importa, mescla livremente as descrições dos quatro evangelistas. Episódios tópicos, a lança nas costelas, o lamento das mulheres, os soldados a tirar as sortes ou os dois ladrões, entre outros, são permutados conforme as necessidades da composição e a ênfase desejada.

É possível imaginar uma síntese ideal – afresco, óleo ou vitral – na qual, organizadas em hierarquia vertical, três tríades simbolizariam, respectivamente, a ordem divina, a ordem dos homens e o acaso. A primeira, Pai, Filho e Espírito Santo, é representada pela pomba-símbolo ou pelo menos frequente triângulo. Está colocada num espaço fora da ação terrena: uma nuvem ou fonte de luz. A Renascença italiana, obcecada com as leis de uma perspectiva naturalista, eliminou-a quase por completo. A segunda trindade, Jesus e os dois ladrões – o Juiz, o Bem e o Mal –, instaura a lei de Deus na Terra.

A terceira, ou o acaso, é uma falsa tríade, já que a cada condenado à cruz eram destacados quatro soldados. Por convenção, ou por obediência ao demônio da simetria, apenas três lançam dados pelos despojos, enquanto o outro, quase sempre apoiado na lança, acompanha o jogo. Os panos de um judeu sedicioso não parecem prêmio de valia, mas lembremos que Herodes – para zombar do título de rei dos judeus e para sublinhar o crime contra Roma – envolve Jesus em magníficas vestes antes de devolvê-lo a Pilatos (Lucas, XXIII, 11). Pouco se sabe desses legionários, ao contrário de vários outros personagens da trama. São necessários, não obstante, para indicar o mundo pagão, que não reconhece a nova Ordem nem dela compartilha.

As divagações anteriores são provocadas pela reprodução de um quadro, *Soldados tirando as sortes pelas vestes de Cristo*, de William Blake. Em 1800, no início do romantismo, Blake imagina esses homens concentrados no jogo, o olhar fixo nos dados, completamente alheios ao drama que se desenrola ao fundo. Para enfatizar esse alheamento, o artista nos apresenta, em segundo plano, uma crucifixão vista por trás: é visível apenas parte dos braços do supliciado principal e uma parcela do corpo dos outros dois. Ao pé das cruzes há um grupo indistinto de mulheres; em terceiro plano, na sombra, veem-se vagas silhuetas de pessoas e construções. O legionário que acaba de lançar os dados exibe um sorriso sardônico, a indicar o ganhador, em contraste com a expressão atoleimada dos restantes. A par de uma condenação moral do jogo, Blake tem, com o quadro, a intenção evidente de transformar os soldados em emblema da impiedade.

Como outras ilustrações da vida de Cristo, essa também sofre com as hipérboles que se acumularam por séculos de fé. Recriar qualquer desses episódios, objetivamente, implica observá-lo como que através de um telescópio invertido. O homem na cruz não é, naquele momento histórico, o esteio de uma religião com milhões de seguidores, mas um pequeno agitador com um punhado de asseclas.

Roma não o vê como ameaça e basta rememorar os fatos imediatamente anteriores a sua prisão e julgamento para comprová-lo. Há, em primeiro lugar, a famosa diatribe de Jesus contra os sacerdotes do templo, em que os acusa de transformar a casa de Deus em mercado e antro de ladrões. Segue-se a denúncia de sedição ao governador romano e a prisão, no Jardim das Oliveiras. Naquela famosa noite, as dúvidas e angústias do nazareno são as de qualquer novo profeta a considerar que, talvez, seu assalto ao centro da religião tenha sido prematuro. O governador, Pilatos, por duas vezes tenta inocentá-lo, mas cede às pressões de Caifás, o sumo-sacerdote, e Herodes, o rei. Sou inocente do sangue desse justo, proclama. Mas o romano é um homem sensato e bom político. Não quer mais se indispor com o templo dos nativos, do qual já extraiu generosa soma para construir o aqueduto da cidade. Ainda assim, há uma terceira tentativa. O costume permite que o povo, por aclamação, conceda o perdão a um dos condenados, e Pilatos lhe oferece a escolha entre o chefe dos ladrões ou o sedicioso. Insuflado pelos sacerdotes, o povo escolhe Barrabás.

Os legionários encarregados da execução são romanos porque todo o mundo conhecido o é, mas foram recrutados na Gália ou na Hispânia. São soldados do primeiro exército profissional a existir, e a carreira lhes permitiu escapar da pobreza. São leais aos seus comandantes, não a uma cidade que nunca viram ou a uma história que desconhecem. Alguns deles, mais tarde, talvez se afeiçoem a uma moça local e acabem por deitar raízes, recebida sua *honesta missio*, a aposentadoria militar. Por enquanto, fazem parte das tropas de ocupação; privados de combates e pilhagem, não lhes resta mais que o entediante trabalho de policiar aquele povo de fanáticos e suas querelas. Não é serviço frequente, mas acontece de crucificarem um homem. Este não será difícil; os castigos anteriores o deixaram quase sem forças, dois soldados seriam suficientes. É uma operação brutal, mas não difere muito de atravessar um ventre inimigo com o gládio. Os guerreiros da época não contam, ainda, com a distância asséptica das armas de fogo. O populacho sentiu o cheiro de sangue e se espalha ao longo do caminho, até a colina. Grita, apupa e chora, excitado. Às vezes um mais afoito avança até o condenado para tocá-lo ou golpeá-lo, e é repelido com uma pancada de escudo. O pretenso rei dos judeus cambaleia e tropeça, mal consegue carregar a trave horizontal. Nesse passo chegarão aos postes ao anoitecer. Com uma voz autoritária, que mal disfarça o riso, um dos legionários convoca um incauto cireneu em meio à turba para ajudar com a pesada peça de madeira.

A noite de vigia não registrou incidentes, algumas mulheres e homens, talvez parentes do nazareno, demoraram-se um pouco, mas a maioria dos populares deixou a colina com o pôr do sol. Pela manhã, os soldados comem a farinha cozida que restou da ceia e bebem um gole da zurrapa que podem comprar com o magro soldo. As roupas, especialmente a túnica, devem render algum dinheiro. Os dois ladrões estão em silêncio, o outro crucificado articula alguma frase, a espaços e com muito esforço. Alguns supliciados resistem até dois dias, mas não parece que vá ser o caso desse que ali está. Os soldados fazem troça de seus delírios mas talvez se condoam, sabem que o castigo desmedido só foi aplicado para acalmar a ralé inquieta. Bem, é imprudente insultar sacerdotes. Agora o homem reclama da sede. Um dos legionários molha um trapo no vinho e, com a lança, o suspende até os lábios secos do moribundo, que vira o rosto, em recusa. Nosso vinho é mesmo ruim, diz um dos outros, rindo. O que ofereceu a esponja improvisada a recolhe e a espreme de volta no copo. Contempla o céu. Uma tempestade está a caminho. Era o que faltava.

IRMÃOS DE ARMAS

Montevidéu. O que se via era um cais deserto cercado por uma muralha de armazéns vazios. O cruzador da Marinha do Brasil atracara pelo fim da tarde, no sábado; os poucos funcionários do porto a auxiliar na manobra já haviam desaparecido. A tripulação, composta de um mínimo de marinheiros e oficiais e de igual número de jovens aspirantes em viagem de instrução, já havia desembarcado.

Junto à amurada, três rapazes, parte do pequeno contingente obrigado a permanecer a bordo, maldiziam a sorte e o comandante da companhia, que aceitara aquela escala de serviço. Faltavam vinte minutos para o início do quarto, das dezoito às vinte e quatro horas, e o horário de saída se encerrava às vinte: a noite estava perdida. Não lhes serviam de consolo os dois dias pela frente antes de levantar ferros e atravessar o Prata rumo a Buenos Aires, onde ficariam mais cinco. Após duas semanas no mar, aportavam pela primeira vez em um país estrangeiro, ali a poucos metros de distância, e não podiam tocá-lo com a sola dos sapatos. Conversar sobre a palestra do oficial-médico, na noite anterior, só fazia piorar as coisas. A preleção, sobre os perigos do porto e doenças venéreas, evocava imagens de belas e misteriosas mulheres a sussurrar-lhes ao ouvido estranhas perversões, numa língua desconhecida.

Na plataforma de vigia, sobre a ponte de comando desabitada e escura, as horas se arrastavam. O marulhar da água, o ranger das defensas no concreto e a precária iluminação do cais eram um convite ao sono. Um rato teria sido uma novidade bem-vinda. Os três fumavam, a brasa escondida na mão em concha, embora fosse pouco provável uma aparição do oficial de serviço. Um deles desceu, com cautela, até a cantina, em busca de café; esparramado no sofá, o tenente ressonava tranquilo. Pouco depois da meia-noite, rendidos pelo quarto seguinte, desceram ao alojamento; alguns colegas voltavam da cidade, tagarelando sobre as peripécias do dia. Numa espécie de acordo tácito, enfurnaram-se nas macas sem ouvir a conversa dos companheiros, para não comprometer as próprias e futuras descobertas.

A manutenção dos novos quepes de plástico era mais fácil que a dos antigos, cujas alvas copas de tecido precisavam ser lavadas, engomadas e remontadas uma vez por semana. Mesmo assim, envergar o uniforme de passeio para uma descida à terra demandava algum trabalho. Começava-se, no dia anterior, por subornar um taifeiro para passar as camisas e calças brancas e mantê-las em cabides, fora da vista dos oficiais e fora dos exíguos escaninhos que faziam as vezes de armário. A seguir, gastava-se um tempo fazendo a barba, polindo a fivela do cinto e retocando os sapatos com tinta branca ou giz. O entediado oficial que os liberou, após breve inspeção, não parecia ter merecido o esforço.

As vielas entre os armazéns desembocavam numa rua um pouco mais larga e em outra fileira de armazéns, alguns visivelmente abandonados, vidraças quebradas e ocos vãos de porta. Não se via alma viva, à exceção de um mendigo que dormia entre caixotes e um cheiro de lixo seco. Uma melancolia de cidade-fantasma se abatera sobre os jovens, que conversavam em voz baixa para evitar o eco. Vagaram por uma malha de ruas comerciais e lojas fechadas até chegar a uma avenida, uma pista margeada por canteiros de grama; após alguns minutos, um ônibus amarelo-sujo passou, no letreiro o destino: "Palermo". Além do motorista, levava dois ou três passageiros.

Por instinto, por insegurança, acabaram por voltar à parte conhecida do porto. Subiram a bordo justo a tempo de pegar o rancho do almoço. Um sargento sugeriu que seguissem a rua que saía do extremo norte do cais. Quando voltaram a desembarcar, no fim do dia, acataram a indicação. A ladeira íngreme acabava numa grande praça circular com piso de pedra. Aquilo parecia mais promissor. Vários bares se enfileiravam na rua de contorno, todos fechados, mas um grupo de pessoas esperava que abrissem. No centro da praça, uma fonte dominada por um tritão a verter um fiapo d'água; sentado na borda de mármore branco, um homem largo e alto fumava um cachimbo e olhava para eles. Hesitaram por um instante, mas o outro os chamou com um gesto. Tudo nele lembrava água salgada: a calça de brim desbotado amarrada na cintura, a camiseta vagabunda, os velhos sapatos de sola grossa e bico redondo e, sobretudo, a pele áspera e avermelhada do rosto e do pescoço, enrugada mais pelo sol e pelo vento que pela idade. O cabelo era abundante e desgrenhado, de um branco palha, a mesma cor da barba por fazer. O uniforme impecável dos jovens os deixava levemente constrangidos. O homem apontou para eles com o cachimbo de espuma do mar e perguntou se eram os brasileiros que haviam chegado com o Classe Brooklyn.

Responderam que sim, felizes por entender sua língua e espantados que soubesse que tipo de navio era o cruzador: o sujeito não era um marujo qualquer. Perguntaram, num espanhol titubeante, onde encontrar as garotas, *las chicas*. O homem riu e abarcou a praça com um amplo gesto de mão. Dentro de uma hora, disse, isto aqui vai estar repleto de putas. Os primeiros bares abriam as portas, os letreiros luminosos se acendiam. Aceito, disse o marinheiro, quando os três o convidaram para uma cerveja, mas pago o que beber; guardem seu dinheiro para as garotas. Contou que era espanhol por parte de mãe; mas todos me conhecem por Sueco, disse. Chegara a Montevidéu com um cargueiro japonês que entrara pelo canal do Panamá, e se desengajara depois de receber a féria. Não gostava do capitão nem da rota e ficaria por ali até aparecer outra oportunidade de embarcar.

Alguma descrição do paraíso, esboçada pelos três aspirantes, conteria aquela noite. A confirmar a previsão do Sueco, jovens loiras e maquiadas adejavam por entre as mesas, e o perfume da carne tenra se misturava ao de cerveja, salame e azeitonas. Outras, vestidas apenas com sapatos de salto agulha, dançavam sobre o longo balcão, os pelos pubianos multiplicados pelos espelhos. Entre uma e outra subida com alguma das moças ao segundo andar, os três marujos e seu novo amigo conversavam e bebiam. Os jovens se esforçavam para transformar o exercício de tiro em alto-mar, com balas traçadoras nos canhões, em algo memorável, mas suas histórias não eram páreo para as do Sueco. Mazelas e barbeiragens de capitães mercantes se sucediam a descrições de portos na Indonésia, exóticos pratos e exóticas práticas, em exóticos bordéis orientais. Contou como haviam sido salvos, por helicópteros da OTAN, de passar fome e sede, ele e os outros tripulantes de um petroleiro, a comida e a água esgotadas durante um interminável bloqueio do Suez. Contou como tinham repelido à bala um ataque de piratas no golfo de Áden e como escapara de embarcar em outro cargueiro, em Taiwan, destinado a um naufrágio para fraudar o seguro.

Quando voltaram para o cruzador, às duas da madrugada, os aspirantes se sentiam como cacos coloridos de um caleidoscópio bêbado, e orgulhosos de dividir o mar com um parceiro daqueles.

No dia seguinte, foram até a cidade. Até ali, como lhes explicara o Sueco, não haviam saído da zona portuária, como faz a maioria dos marinheiros, caranguejos com medo de afastar-se muito da água. Mas a noite anterior enchera os rapazes de confiança, e eles andavam pelas ruas centrais de Montevidéu sentindo-se homens do mundo. A cidade era muito bonita. Observada com cuidado, porém, lembrava uma velha senhora que teima em manter-se elegante disfarçando as partes puídas do antigo vestido de baile. A magnífica porta de um prédio *art déco* revelava, ao abrir-se, uma passarela vermelha gasta pelo tempo. Isso não importava aos três jovens, que examinavam os preços afixados à porta de um restaurante na avenida principal. Tudo parecia ridiculamente barato; os três fizeram e refizeram o cálculo das conversões das moedas. O *maître* de cabelo branco que os recebeu encaminhou-os a um salão vazio e a uma mesa servida por um garçom ainda mais velho. Este lhes apresentou cardápios elegantes e, algo completamente inusitado, uma carta de vinhos. Estudaram os nomes, entre risos embaraçados. Sem saber o que fazer, perguntaram ao garçom, apontando o mais caro da lista, se aquele era um bom vinho. Sim, é muito bom, excepcional, respondeu, quase a desfazer-se em rapapés quando confirmaram o pedido. As massas e as carnes da refeição eram soberbas, ou assim pareciam aos aspirantes, que ordenaram uma segunda garrafa. O *maître* trouxe a garrafa e abriu-a pessoalmente. Com o café, depois da sobremesa, foram surpreendidos com um licor de anis, cortesia da casa.

Quando saíram, a calçada balançava um pouco, como um navio. Não estavam acostumados a beber no almoço e sentiam-se definitivamente cosmopolitas. Um deles tinha alguns dólares, que queria trocar para fazer compras. O garçom indicara uma casa de câmbio poucas quadras à frente, e para lá se dirigiram, tentando manter-se em linha reta. O lugar era uma sala estreita, comprida e escura, cortada ao meio por um balcão que ia de parede a parede, complementado por uma grade até o teto. Atrás do diminuto guichê, um homem que parecia ser o dono os atendeu. Pediu licença por um minuto e foi consultar as cotações no teletipo. Sentado a uma escrivaninha coberta de papéis, um funcionário apanhava uma folha da pilha à esquerda, examinava-a por um instante e, depois de carimbá-la e assiná-la, colocava-a na pilha à direita. Parecia muito infeliz. O rapaz que estava junto ao balcão olhou para ele com simpatia e algo espantoso ocorreu: como num truque de espelhos, uma imagem se superpôs à primeira. Sobre o terno barato e amarrotado, sobre as costas encurvadas, sobre o cabelo empastado de brilhantina, flutuou a figura de outro homem, dissolveu-se por um instante e voltou a cristalizar-se na imagem do Sueco. O jovem não conseguiu abafar uma exclamação, que fez o homem erguer os olhos para ele e contrair o rosto numa careta indefinível. Levantou-se abruptamente e saiu por uma porta nos fundos, após dirigir algumas palavras irritadas ao patrão, que voltava. Este, com ar vagamente intrigado, empurrou por baixo da grade os pesos correspondentes aos dólares trocados, e um papel com os cálculos. Sem conferir o dinheiro, os rapazes voltaram para a luz do dia e se entreolharam, confusos. Aquilo era efeito do vinho ou o homem era o mesmo homem? Parecia, disse o rapaz que o observara por mais tempo. Não parecia?

O vento levantou as folhas secas da calçada e as deixou cair novamente, num fraco redemoinho contra o calor da tarde. Os três retomaram o passeio em silêncio. O universo era, afinal de contas, um lugar bastante banal. Algumas quadras adiante um deles falou, por fim. O marinheiro da noite anterior tinha o cabelo mais crespo, disse. Os outros dois demoraram mais alguns passos, desatentos, até perceber o que a frase sugeria. Recompuseram-se, um tanto. A imagem do funcionário na casa de câmbio já não parecia tão clara. E ainda restava Buenos Aires.

MATERIAL PARA UM CONTO

CRONOLOGIA

1) Em 1845, após sucessivas violações de acordos e tratados proibindo o tráfico de escravos, lorde Aberdeen submeteu uma lei à aprovação de um exasperado Parlamento inglês; por ela, e com sua Marinha de Guerra, o Império britânico se arrogava o direito de polícia em águas territoriais de outros países. Conhecida como Bill Aberdeen, a lei permitia a naus inglesas deter e revistar toda embarcação que lhes parecesse suspeita de tráfico e, em caso de resistência, atacá-la e afundá-la. Tal demonstração de truculência é creditada, por alguns historiadores, a razões

humanitárias; por outros, à percepção de que sociedades que utilizavam mão de obra escrava, como o Brasil, eram um empecilho à nascente Revolução Industrial. Além de vários carregamentos de escravos jogados ao mar para evitar a prisão do capitão negreiro, a decisão ocasionou também alguns incidentes internacionais, como a troca de tiros entre o couraçado *Cormoran* e o forte de Paranaguá em 1850. Essa situação equívoca, em que a posse de uma mercadoria era legal, mas não seu comércio, perdurou entre nós até a abolição definitiva da escravidão em 1888; restou dela o ferido orgulho brasileiro, uma monarquia cambaleante e alguns episódios menores, entre eles o que segue.

2) Em algum dia de algum ano entre 1870 e 1880, uma fragata inglesa deu caça a um bergantim holandês que saía do porto de Paranaguá, notório centro de comércio de escravos. Não há registro histórico do fato, apenas o relato oral apoiado na vacilante memória de um velho, daí a ausência de nomes e a incerteza da data. O bergantim já havia desembarcado a carga humana e recolhido o pagamento, mas, ainda assim, fugiu a todo pano rumo ao sul. Seu capitão, homem empreendedor em outras áreas, como contrabando ou a simples pirataria, aparentemente não queria maiores contatos com as autoridades britânicas. Os porões vazios permitiam ao veleiro um pouco

mais de velocidade, mas não o suficiente. Seria fatalmente alcançado se não recorresse a um estratagema: na segunda noite de fuga, protegido pela escuridão, voltou atrás no curso, à procura de uma angra avistada durante o dia. Adentrou por ela até onde as águas ficavam rasas e a vegetação se transformava em mangue, no estuário de um rio que ali depositava sua lama. A fragata não conseguiria segui-lo até aquele ponto, mas o holandês sabia que também não podia voltar. Encalhou o barco na margem norte do rio, onde a tripulação abriu o casco a machadadas, para que afundasse com a maré cheia. A seguir, dispersou os homens e se embrenhou pela mata na companhia de mestre e piloto. Os dois oficiais transportavam uma mala de marinheiro, de madeira e latão, com alguns pertences do capitão e todo o dinheiro e valores de bordo.

3) A história, com suas lacunas e imprecisões, foi recolhida por Pedro Amoedo, médico do Serviço Especial de Saúde Pública, no litoral sul do Paraná por volta de 1950. A região, hoje paraíso turístico, era uma selva infestada de mosquitos transmissores de malária, e o trabalho profilático do SESP se resumia a identificar os locais infestados e espargir DDT nos focos da doença. Por compaixão, ou por natural inclinação à conversa, o dr. Amoedo gastou alguns dias à cabeceira de um pescador já muito doente; no pobre interior do rancho, um incongruente cachimbo

com fornilho de porcelana e longa piteira de âmbar despertou-lhe a curiosidade. O velho caiçara, na época dos fatos um garoto de dez anos,* vira o holandês sair da mata e em seguida dirigir-se a ele, pedindo ajuda: um espavento alto, magro e pálido, olhos injetados de febre e roupas em frangalhos, sujas de barro seco. Assustado, correra a chamar o pai, que abrigara o doente e o tratara como podia e sabia: panos molhados na testa e cobertores. O pirata morrera ao cabo de uma semana, para alívio do menino. Encolhido no alpendre, ouvia com medo pragas e delírios num português arrevesado e em outra língua que não entendia; à noite, espreitava o sono inquieto do homem à luz da lamparina ou da lua, até ser também vencido pelo cansaço e sonhar, parecia-lhe, os pesadelos do outro.

Amparado pelo médico, o velho andou até uma pequena encosta no fim do terreno que se estendia atrás da casa. Ali, ele e o pai haviam enterrado o morto; uma cruz feita com duas ripas, sem nome e sem data, fora colocada pelo pescador havia alguns anos, num gesto de piedade tardia. Enquanto ajudava o pai a abrir a cova, este lhe resumira os fiapos de narrativa que o holandês deixara; pouca coisa além do já relatado: os indistintos dias e noites na mata, a fome e a febre, a decisão de enterrar a mala que

* Idade estimada pelo doutor.

se tornara pesada demais. Nada dissera sobre o destino dos outros dois companheiros.

Já homem feito, o caiçara procurara por duas vezes, sem muita esperança ou afinco, a mala do capitão; como ele mesmo dizia, eram seis léguas de mato em linha reta, da casa até o local aproximado do encalhe, e sabe-se lá que tortuoso caminho teriam desenhado os três homens perdidos. Terminou por conformar-se com uma imagem, e a possível existência do dinheiro enterrado, talvez até perto de sua casa, aliviava a contrária sorte da vida.

4) No final do inverno de 1976, um ex-colega de faculdade, Ismael Amoedo, filho do doutor, apareceu em minha casa depois da hora do jantar. Tais visitas inesperadas não eram incomuns – éramos jovens, notívagos e gregários –, mas aquela surpreendeu-me um pouco, já que ele não era exatamente um amigo próximo. Suponho que a curta passagem pela Marinha me qualificava, a seus olhos, como autoridade em piratas e tesouros. As regras de hospitalidade de então não me deixavam muita saída; sentamo-nos à mesa da cozinha com uma garrafa e dois copos e conversamos sobre amenidades. Depois do segundo uísque ele tomou coragem e contou desordenadamente a história, até ali, ao que parece, um segredo de família. Estivera também, sem sucesso, à procura do tesouro; confessou, embaraçado, que chegara a

frequentar sessões espíritas na esperança de entrar em contato com o espectro, ectoplasma ou o que fosse, do pirata morto. A situação se tornava levemente constrangedora, eu percebia que ele estava a solicitar algum tipo de auxílio e não me ocorria nada. Acabei me lembrando de uma matéria da *Scientific American* lida alguns meses antes, sobre uma expedição arqueológica que buscava as rotas das primitivas tribos asiáticas que haviam povoado a América depois de cruzar o congelado estreito de Behring. A hipótese de trabalho da expedição era a lógica do *flâneur*: pôr-se a andar, partindo do princípio de que grupos nômades sem destino específico seguem uma espécie de caminho natural, determinado pelos acidentes do terreno, como água ao descer a montanha. Os resultados haviam sido animadores, com a descoberta de vários e novos sítios de pesquisa. Sugeri que ele arranjasse dois auxiliares, e que, transportando uma mala de dimensões e peso similares aos antigos baús de marinheiro, começasse a jornada no ponto onde o holandês abandonara o navio. Os restos do naufrágio já haviam sido tragados pela lama na juventude do caiçara, mas o local aproximado era conhecido. Com um pouco de sorte, a exaustão dos carregadores indicaria uma área provável, onde ele deveria concentrar a busca. Por pobre que fosse a ideia, disse, parecia-me ter melhores chances de êxito que a consulta a Alan Kardec.

Suponho que o álcool, mais que minha sugestão de um tiro no escuro, despertou o entusiasmo de Ismael. O colega começou a fazer planos para a semana seguinte e pediu-me que o acompanhasse na viagem. Pretextei alguns trabalhos imaginários e consegui recusar o convite.

PROBLEMAS E CONSIDERAÇÕES

Escrever, neste começo de século XXI, um conto sobre piratas e tesouros enterrados é tarefa espinhosa. Poe e Stevenson ainda podiam fazê-lo, no século XIX, quando as lendas sobre flibusteiros e bucaneiros retinham algum frescor. O desgaste natural do tempo, contudo, transforma mitos que ressurgem do esquecimento em paródia ou história infantil: triste fim para Morgan, Olonais, Kidd e companhia.

Para construir algo mais palatável ao gosto moderno, poder-se-ia quebrar a linearidade da narrativa e criar um paralelo entre a busca de Ismael, a do pescador e a curta saga do pirata. Desenlaces possíveis seriam, à moda do realismo fantástico, nosso colega surgindo doente e febril na choupana de outro caiçara, ou repetindo, em louco ritual, o assassinato dos companheiros. Outra possibilidade, que remete vagamente a Rousseau, utilizada por alguns autores, é a que investe nossa natureza de algum poder seletivo, capaz de aniquilar com vírus e bactérias o invasor. Este será branco, holandês, saxão, ariano – civilizado, em suma –, como se não morrêssemos, nós, latinos, mulatos, mamelucos e caiçaras, também de malária ou doença de Chagas. Todas são soluções que, convenhamos, tropeçam no misticismo. Em lugar de utilizá-las, talvez seja melhor deixar como está, pois a prosaica realidade é que Ismael, poucos meses depois de nossa conversa, esquecera por completo o tesouro e se dedicava metodicamente a enriquecer, especulando na bolsa de valores. Atividade que não deixa de ser aparentada à pirataria.

PRÓLOGO PARA UM LIVRO DE CONTOS

Pelo menos o som e a fúria, pensava, ao começar. Depois plantara pequena esperança na descoberta de algo que justificasse desembaraçar o novelo de palavras em que se metera por vaidade. Durante dois anos, lutara contra histórias que teimavam em ser o que eram, fragmentos desprovidos de significado, não por ser fragmentos; reunidos, não formariam um desenho coerente, a ingênua paisagem do quebra-cabeça. Revelariam apenas outro caos, em escala superior.

Contos são ovos alquímicos. Alguns, cozidos e recozidos à exaustão, explodiam e sujavam as paredes. Em outros, um vago cintilar ameaçava coagular-se na pedra filosofal. Ou assim parecia, pelo menos, no cansaço das madrugadas. Na claridade racional das manhãs, a fusão voltava a cristalizar-se nos elementos originais, apenas mais uma história. Então esquecia o assunto, por dias ou semanas. Passeava pela cidade nas noites quentes ou frias e escolhia ruas onde as copas das árvores avançavam sobre as luminárias dos postes; as sombras das folhas, a quebrar a crua luz, prodigalizavam mistérios e devaneios românticos. Suficiente seria reproduzir a melancolia das folhas, mas o motorista abria a porta do táxi para a profissional e o cliente, e aquilo era muito melhor, aquilo era a pedra filosofal: a junção da lua, das lâmpadas, do motorista entediado, da moça a disfarçar o cansaço e do cliente embriagado. E, abrasado, voltava para o malho e a bigorna, até que a peça se revelasse, ao esfriar, mais uma mera justaposição de eventos, um bordado sem avesso.

E talvez fosse isso, uma coleção das coisas que vira e dos momentos que vivera, sem outro nexo além do corpo que os acumulara. Talvez, apenas, o exercício da humilde e primeira atividade cerebral, a memória, a compor frouxa autobiografia. Iluminava, então, com luz favorável cada personagem que contivesse um reflexo seu. Demorou a descobrir que também os canalhas o continham. Por outro lado, o falsear de datas e pessoas, rostos, nomes, a personalidade de um na história do outro, o deixavam confuso e envergonhado, nada daquilo era verdade. E, tampouco, era ficção.

Um homem deve ser, como ordena o Costume, jovem durante vinte anos, guerreiro por outros vinte e, ainda, por mais vinte anos, dono de casa. A lembrança da busca de Purun Dass, no conto de Kipling, veio salvá-lo. Cumpridos os sessenta anos, Purun despe os trajes de primeiro-ministro de um reino na Índia, veste o manto dos mendigos, toma a escudela e o cajado e parte em peregrinação, à procura de um entendimento que lhe escapa. Encontra uma pequena cabana de pedra entre as montanhas, e ali medita por anos a fio. Lá embaixo, no vale, uma pequena aldeia segue com a vida. Certa noite, em meio a um período de chuvas torrenciais, Purun – já então um santo para os lavradores, o Bhagat – percebe que a montanha vai ceder e soterrar a aldeia. Sente-se em dívida com as famílias que o alimentaram; já está muito velho e alquebrado, mas, apoiado no cangote de um dócil veado-galheiro, precipita-se trilha abaixo para avisar os aldeões. Durante a crise, volta a ser o homem que fora. Todos se salvam escalando a encosta do outro lado do vale, mas o esforço é demasiado para o Bhagat. Senta-se e morre, com as costas apoiadas numa árvore e um sorriso nos lábios.

A história poderia ser interpretada como a afirmação de que a Verdade não está nas montanhas, e sim na planície ou no vale, mas ele a leu de outra forma possível. Não existia verdade ou revelação à espera do peregrino, apenas a tensão entre dois polos, o pensamento que se projetava das alturas e as rasas tarefas do cotidiano, e o objeto da busca do Bhagat não era aquele ou outro momento, mas o total, a íntegra da vida de Sir Purun Dass. Compreendeu, enfim, que os contos não necessitavam de outra justificativa além de sua própria existência ou do prazer que sentia ao escrevê-los. Aliviado, reuniu os que produzira até então, corrigiu alguns erros de ortografia e tornou a lê-los como se outro os tivesse escrito. Estavam guardados no papel e no corpo elétrico do computador, e não mais lhe pertenciam. Não pareciam de todo ruins, e talvez pudesse publicá-los. Fosse como fosse, agora podia esquecê-los.

TODOS OS MEDOS

Palavras são ferramentas adequadas para trabalhar os fatos, mas ineficazes quando se trata de dar forma a uma emoção ou sentimento. Palavras como *horror* ou *encanto* pouco acrescentam a uma sensação, nada além de um vago qualificativo; somos levados a compilar casos, a multiplicar exemplos e acumular adjetivos para torná-la reconhecível a um interlocutor. Este início vacilante é a tentativa de recuperar uma memória de infância, não a história em si – pequena anedota familiar –, mas o estranho pavor que acompanhou um momento determinado.

Todo bom susto começa com a espera, com a tensão que se acumula até a catarse final. Posso iniciar pelo almoço daquele sábado, almoço tardio, pois meu pai deixava a clínica às duas. Eu me esforçava em arrumar os restos de comida no prato, tentando simular o vazio. A ausência da costumeira reprimenda me alertou, e vi que minha mãe chorava em silêncio. Com meus oito anos, tudo o que percebi foi que não se tratava de uma briga entre os dois, mas de uma discussão a propósito de outra coisa. Meu pai falava em voz baixa e firme, procurando convencer-se de algo, enquanto a esposa tentava dissuadi-lo. Contornavam o assunto, sem explicitá-lo na minha presença, e compreendi que era coisa grave. Anos depois, soube do que se tratava: um comício na praça central, uma festividade política para comemorar a chegada da luz elétrica. O médico, como um dos notáveis da cidadezinha, era presença obrigatória, junto com o prefeito, o padre e o delegado. Disputas políticas na região eram, corriqueiramente, resolvidas à bala, e corria um boato sobre dois capangas de um fazendeiro da oposição que estariam na cidade para estragar a festa. Após a refeição, meus pais costumavam fazer uma sesta de duas horas; eu aproveitava esses momentos de liberdade para exercitar o estilingue entre as laranjeiras ou explorar o imenso quintal sem cercas que, nos fundos, lindava com a mata. Naquele dia, não sei por quê, não me afastei da casa, um vago receio ou premonição. No fim da tarde, refrescado por uma ducha e envergando um costume de linho, o doutor se preparava para sair. Abraçou a esposa com força, sem dizer palavra; minha mãe apenas perguntou se ele estava com a arma. Vi, no entreabrir-se do paletó, o coldre atravessado na cintura. Andar armado, por aquelas bandas, era rotina; do arsenal apreendido pelo delegado, aquele trinta e oito fora presenteado ao médico, como a chave da cidade. Era pouco mais que um enfeite, pois ele era péssimo atirador; ela, criada em fazenda, sabia manejar um revólver e tinha um Taurus .32 guardado na mesa de cabeceira.

Pontual, às dezoito horas, a geradora da cidade entrou a funcionar, e as lâmpadas da casa se acenderam. Minha mãe, secamente, ordenou que eu me preparasse para dormir. Obedeci, embora fosse cedo, ao dar-me conta de que qualquer sugestão de rebeldia poderia precipitar uma crise. Voltei para a sala, de pijama, e me enrodilhei numa poltrona a um canto. Era verão, ainda estava claro, e a silhueta franzina, vestindo camisola de dormir, recortava-se contra a moldura da janela. Escureceu e, afinal, a eletricidade superou a luz externa. A silhueta se transformou numa mulher que se levantou, olhou para mim e sorriu, aliviada. Meu peito se distendeu, livre da pressão. Ao mesmo tempo, as luzes se apagaram. Confuso, temporariamente cego, ouvi-a exclamar: *Estão atirando na praça!* E, realmente, entre o espocar festivo dos rojões, identifiquei o estalido seco dos tiros.

Enquanto meus olhos se acostumavam ao escuro, percebi um frenético abrir e fechar de gavetas e, ato contínuo, uma lanterna de pilhas sendo colocada em minha mão esquerda. *Vamos ajudar teu pai!* ela disse; tomou-me pela outra mão e, empunhando o pequeno revólver, embarafustou para a rua, porta afora. Não sei, nunca soube, por que fui arrastado para aquela empreitada; para não ficar em casa sozinho, talvez, ou porque mulheres honestas não saíam à noite desacompanhadas. Como já antecipei, o final é cômico. O prefeito, homem adiante de seu tempo, programara um discurso sincronizado com a geradora para que o operador cortasse a luz no *...a cidade era assim!* e tornasse a ligá-la no apoteótico *...e hoje é assim!* Os rojões e tiros eram produto de uma claque de peões que, já devidamente lubrificada, começara a disparar antes do combinado. Quando a energia voltou, as luminárias nos postes e palanque revelaram uma mulher de camisola no meio da praça, com um revólver numa das mãos e um menino aparvalhado na outra.

A maior parte dessas imagens, certamente, criei a partir de relatos ulteriores. O que lembro, de fato, é da corrida contra um espaço infinito e negro, cuja margem a luz do farolete não alcançava. Lembro dos pedriscos nas ruas de terra a machucar-me os pés descalços, e lembro da descoberta de que as coisas não têm cor. Não tinha cor o cachorro que nos atravessou o caminho, apavorado com os estampidos, e não tinha cor o chão poeirento. Iluminei, tentativamente, a lateral da rua, e a grama era cinza-clara. A voz ríspida de minha mãe mandou-me prestar atenção à frente. Hoje conheço a distância e sei que a corrida deve ter demorado menos de dez minutos. Então me parecia interminável, o que era um consolo, pois eu estava certo de que morreríamos todos ao final. O que sentia, entretanto, não era o medo habitual dos meus pesadelos de infância, a impossibilidade de fugir de algum monstro ou perigo. Era, antes, uma supressão momentânea das defesas, um deixar-se levar, fascinado, para a aniquilação.

Certos relatos e situações ajudaram-me, mais tarde, a identificar alguns dos ingredientes originais dessa experiência. Recordo, por exemplo, um passeio de canoa até uma ilhota na borda da Garganta do Diabo, a catarata principal em Foz do Iguaçu. Embarcava-se num pequeno cais, cerca de cem metros acima da queda-d'água; com remadas vigorosas, o barqueiro conduzia a canoa até o ponto onde a correnteza se separa em duas e, mantendo a embarcação naquela zona neutra, abicava na ponta a montante da ilha, na verdade apenas um ressalto de rocha nua, um dente a projetar-se da arcada vazia e borbulhante. Descemos, eu e o jovem casal em lua de mel que embarcara comigo. O rochedo varia de tamanho, conforme o regime das águas, sendo coberto apenas nas maiores cheias; naquele dia, a parte seca teria uns seis metros de comprido por dois e meio na largura maior; tufos de capim cresciam nas gretas. Dei alguns passos em direção à beirada, mas o rugido da cachoeira me intimidou; ajoelhei, apoiei as mãos no solo e, rastejando, avancei até que o rosto ultrapassasse a borda; então olhei para baixo e foi como entrar num túnel que obliterasse a paisagem anterior. Distingui, a princípio, apenas uma nuvem de vapor e um bando de pequenos pássaros a esvoaçar-lhe as franjas; aos poucos percebi as nuances de branco e as vertiginosas catadupas de espuma a precipitar-se no vazio, à minha frente, à esquerda e à direita, o universo resumido a um troar imenso e majestoso, alvo e purificador. Um puxão no pé trouxe-me de volta: o barqueiro avisava que o passeio terminara. Senti meu corpo colado à pedra, as mãos crispadas, como uma lagartixa contra o vidro. Rastejei de volta e sentei-me, a roupa ensopada pela umidade, e compreendi, com espanto e náusea, que estivera a ponto de lançar-me na voragem.

Passo a outro exemplo, algo literário, em 1978. Por conta de um linfoma, eu estava submetido a uma medicação que, como efeito colateral, deixava o sistema nervoso num estado de irritação intensa e permanente. Na época, dois colegas e eu dividíamos o aluguel de uma casa numa rua tranquila de bairro. Era sábado à noite; não me sentindo bem e proibido de beber álcool, eu recusara o convite dos dois para jantar no restaurante. À falta de opção melhor, tomei da estante uma coletânea de contos de Lovecraft e autores aparentados, emprestada de um amigo. Contos de horror me aborrecem, mas não queria devolver o livro sem ter-lhe passado os olhos. Como previsto, as descrições detalhadas de monstros mais provocavam o riso que outra coisa. Folheei algumas páginas, distraído, e voltei ao índice. Entre vocábulos delirantes, como Nyarlathotep, Ubbo-Sathla ou Cthulhu, a palavra Wendigo, título de um dos textos,* parecia conter uma sonoridade mais plausível. Consultas posteriores revelaram-me diversas variantes do mito; no conto em questão, ele aparece como uma entidade que habita as gélidas, imensas e desoladas florestas que se estendem ao norte do Canadá, até a baía de Hudson. O autor é bastante feliz na descrição da paisagem, com sua beleza selvagem e indiferente à fragilidade humana, e em associá-la à essência do monstro. Este, sagazmente, é composto de vagos indícios que se acumulam ao longo do texto. É uma presença ameaçadora, mas poderia ser interpretado apenas como um estado de loucura provocado pela solidão. Um grupo de caçadores – dois europeus, dois guias locais e um cozinheiro índio –, decepcionado com os resultados da expedição, resolve dividir-se para bater as regiões

* *The Wendigo* (1910), Algernon Blackwood.

boreais inexploradas. Com o cozinheiro a montar guarda no acampamento-base, na margem sul de um grande lago, uma dupla parte a costeá-lo, enquanto a outra empreende a travessia de canoa. Estes dois, um jovem escocês, sobrinho do mais velho, e um dos guias, um franco-canadense supersticioso, chegam primeiro ao extremo superior do lago e montam um bivaque para passar a noite; junto à fogueira, o guia menciona a lenda pela primeira vez. O Wendigo, conta, leva os homens para correr com o vento. Adormecem, exaustos, na pequena tenda. Durante a noite, o jovem desperta com o som do companheiro a chorar convulsivamente. Tenta, sem sucesso, falar-lhe; o sono e o cansaço o vencem mais uma vez. À primeira luz da manhã, acorda e avista o guia ainda descalço, fora do pequeno abrigo e de olhar fixo na mata; súbito, o guia desata carreira, como que arrebatado, em direção à orla da floresta, ultrapassa-a e desaparece. Abalado, o jovem empreende uma busca inútil. Ao anoitecer, ouve a voz do outro, ao longe e ao alto, como uma rajada de vento sobre as árvores: *Ah, meus pés em brasa! Ah, que corrida terrível!* No grito, há um tom de horror inaudito, mas também de júbilo enlouquecido.

Deixei o livro de lado e circulei o olhar pela sala bem iluminada. Não havia nada de mais. Não havia nada. Apanhei-me com os ouvidos voltados para a tentativa de captar algum som humano, o barulho de um carro, algum grito bêbado. Nada. Em vão, tentei racionalizar sobre o medo que sentia, a clara consequência dos remédios que tomava. Saí, o passo apertado, por algumas quadras, até o refúgio e abrigo de uma padaria na avenida próxima. Pedi um refrigerante para justificar minha presença no balcão. Ali fiquei por mais de duas horas, até ter certeza de que meus amigos já estariam em casa. Para passar o tempo, considerei o ocorrido e agradeci, ironicamente, aos remédios. Por três motivos: primeiro, pela demonstração de que os ditos estados d'alma são, antes de mais nada, produtos da química; segundo, pelo privilégio inédito de fruir do resultado a que um conto de horror se propõe; e terceiro, finalmente, por relembrar-me o episódio que conto no início deste texto.

APARAS

AS ARARAS DE ANTOINE

Uma vermelha, outra azul. Durante anos cruzavam regularmente os céus da cidadezinha, pela manhã e no fim da tarde. Agraciavam a população, às vezes, com um voo extra, ao descobrir alguma nova árvore carregada de frutos. Gritavam, lá de cima, arara, arara! Alguém, no solo, respondia. Condescendiam, eventualmente, em descer para aceitar a oferenda de um pedaço de mamão ou banana. Entravam pela janela das cozinhas e permitiam que lhes coçassem as cabeças, confiadas de que os súditos humanos não lhes fariam mal.

Antoine ganhara o casal apenas emplumado, presente de um amigo fazendeiro. Criara os pássaros em liberdade, no quintal. Logo, eles ampliaram o pequeno território até os limites da cidade e a mata vizinha. Voltavam, sempre ao pôr do sol, para dormir no poleiro; este, construído sob a copa cerrada de uma mangueira, tinha direito ao luxo de um bebedouro e a uma lata com sementes secas de abóbora. Antoine, dono de loja e conhecido de todos, costumava receber visitas à tarde, no quintal, para um café e doces; quando a conversa se estendia até o ocaso, polidamente conduzia os convidados para a sala, dentro de casa, para não incomodar o recolher-se das araras.

Certa tarde, os pássaros não voltaram. O comerciante, alarmado, saiu a procurá-los, perguntando por eles de casa em casa. A cidade amanheceu comovida, como se uma criança tivesse desaparecido. Era bastante óbvio o que ocorrera, pois a arara não tem predadores. Dois dias depois, por puro acaso, a polícia rodoviária deteve um rapaz dirigindo uma velha picape com a carteira de motorista vencida. Debaixo da lona que cobria a caçamba, gaiolas com macacos e pássaros; dois deles eram a conhecida propriedade de alguém. Capturar e vender animais silvestres ainda não era considerado crime; depois de aplicar-lhe um severo corretivo, os policiais soltaram o rapaz nos limites do município.

As araras estavam machucadas pelo sacolejar dentro das gaiolas e com as penas das asas cortadas, mas nada de mais grave acontecera. Antoine cuidou delas até que as feridas sarassem e as asas se recompusessem. Assustavam-se facilmente, até com a presença daquele que as criara. Certa manhã, já restabelecidas, levantaram voo rumo à mata. Antoine sabia que, dessa vez, a partida era para sempre. A civilização estava chegando.

HISTORIETA

A ideia fora péssima, mas não havia mais o que fazer. Estávamos presos na fazenda por dois dias, até que o caminhão, que nos trouxera, voltasse da cidade. Com a imprevidência da juventude, meus dois primos e eu não lembráramos que, com a fazenda arrendada, a sede estaria vazia; sem criados, sem mantimentos e sem conforto. E sem lençóis ou cobertores para enfrentar as gélidas noites do pampa. Boa maneira de desperdiçar o fim das férias de inverno.

Depois de inútil busca em armários e cômodas, resignamo-nos a dormir com a roupa do corpo. Pelo menos quartos não faltavam e, para comer, poderíamos nos arranjar com os peões no dia seguinte. Descalcei as botas e vesti mais um par de meias, por cima do outro; desapertei o cinto, retirei o casaco de couro e cobri-me com ele, tendo a valise de viagem por travesseiro.

O otimismo da manhã dissipou-se quando entramos num dos banheiros e abrimos a torneira da pia, que gargarejou, tossiu e cuspiu dois jatos de água ferruginosa. Caixa vazia. Completamos a reduzida toalete na bica de água gelada, junto do alojamento dos peões, com cacos de sabão mole esquecidos sobre o cimento escuro e velhos panos de prato encontrados na cozinha.

No centro do galpão, um braseiro quase apagado indicava que os homens haviam saído para o campo antes do amanhecer. Numa prateleira encontramos os indefectíveis apetrechos de chimarrão e uma grande lata com erva-mate. Avivamos o fogo; sobre ele, cravada no chão, havia uma trempe de ferro, onde pousamos a chaleira. Alguém trouxera meio pacote de bolachas doces, e foi esse o desjejum. Voltamos para a sede; na varanda, batida por um sol tímido, havia algumas espreguiçadeiras de plástico trançado, e ali ficamos, qual lagartos, a nos aquecer. Depois de hora e meia contemplando a geada a derreter e pingar da cerca, a inércia começou a me irritar. Atravessei o descuidado jardim, abri o portão e saí para a pastagem.

A imensidão do pampa equivale ao mar alto, na falta de pontos de referência. O vazio é uma sensação incômoda para muitos – *Queres ver o mundo? Vai até a proa e dize-me o que viste, ordenou o capitão Peleg* –, enquanto a outros agrada ter à disposição a circunferência completa do horizonte. Andei por hora e meia no capim úmido e a passo descansado. Difícil precisar a distância, cerca de oito quilômetros. A produção da fazenda, eu o sabia, era exclusivamente de lã, mas ainda não topara com uma ovelha sequer. Afinal, ao subir em uma leve ondulação do terreno, avistei um rebanho ao longe, à minha esquerda, uma pequena mancha branca; próximo a ela, o asterisco negro do cavaleiro. À minha frente, coisa de um quilômetro, havia uma pequena lagoa, quase uma poça. Quando me aproximei, o que parecia ser uma faixa de barro na margem posterior se transformou num cavalo morto. A cabeça estava caída na borda, uma das narinas dentro d'água e a boca entreaberta, com velhos dentes amarelos à mostra. As pernas, embora nas posições inverossímeis que a morte cria, não pareciam quebradas. Morrera de velhice, ou de doença, ou dos dois. O corpo estava inteiro, na falta de predadores, e o frio afastara os insetos e retardara a decomposição. Dei a volta à lagoa para observá-lo melhor. O olho voltado para cima era uma pasta amarela e granulosa, e o resto do conjunto exibia matizes diversos de cores podres. As partes protegidas do sol estavam cobertas por uma película gelatinosa e translúcida. Agora, contra o vento, podia sentir-lhe a catinga. Contemplei-o por mais algum tempo e retracei meus passos de volta para casa.

Naquela latitude, as noites de inverno chegam cedo; antes das cinco, os peões estavam de volta. Tinham abatido um cordeiro e, depois de cuidar dos cavalos, foram assá-lo no galpão. Era um grupo de oito homens, dois ou três mais jovens e os outros naquela idade indefinida que a vida rude imprime. Mateávamos, cerimoniosamente, em volta do fogo, a cuia a passar de mão em mão. O assado começava a cheirar bem, e eu, com o estômago já colado às costas, começava a me impacientar. Meus primos, na qualidade de filhos do dono, sentiam-se no direito de perguntar ao capataz e aos outros sobre assuntos da fazenda, a produção do rebanho, a eficiência do arrendatário, as provisões, e isso e aquilo. A resposta vinha numa frase curta ou num monossílabo; o comércio com as palavras não era familiar àqueles homens. Leve-se em conta, também, uma natural resistência aos petulantes patrõezinhos da cidade. Uma coisa aprendi: o passadio dos peões era aquele mesmo, carneiro e chimarrão todo santo dia. O churrasco da noite seria a refeição fria da manhã, e os restos levados para o campo seriam para o almoço. Por mais que alguém goste de carneiro assado – eu, por exemplo –, é difícil que se imagine a saboreá-lo três vezes ao dia, meses a fio. Era compreensível que aguardassem, ansiosos, a chegada dos mantimentos pelo caminhão, quando algum charque e farinha criariam uma curta variação na dieta.

À medida que a refeição avançava, a conversa ia ficando menos tensa e até se ouvia alguma risada. Um dos peões mais novos tomou coragem de falar de uma luz misteriosa e distante que surgira à noite, dançando no pasto. Poderia ser mais uma dessas ingênuas histórias de assombração, comuns no interior, mas a descrição lembrava bastante o fenômeno do fogo-fátuo. A direção indicada correspondia àquela onde eu encontrara o cadáver do cavalo, e a data da aparição, quase dois meses antes, coincidia com uma semana de calor que antecedera o início do inverno. Ia contar da minha descoberta, mas algo me deteve: o receio de parecer pedante àqueles homens ou o pudor de substituir a escassa fantasia que lhes mitigava o tédio por metano e sua combustão espontânea, pela fria química de um bicho morto a decompor-se. Além disso, talvez eles próprios já soubessem o que era.

COROLÁRIO

Frei Gunther lecionava geometria, num internato no litoral fluminense. No calor tropical, ao pé da Serra do Mar, a teutônica gordura do frei se dissolvia em manchas de suor que atravessavam a batina cáqui. Isso, e sua pronúncia, cheia de arrastados erres, divertia os alunos, na exuberância natural da adolescência.

Apesar das pilhérias, a aula do gordo alemão era acompanhada atentamente pela maioria dos rapazolas: compartilhava-se algo com os velhos geômetras gregos, o prazer da descoberta de um postulado ou a alegria ao demonstrar um teorema. Ao contrário de outros professores, percebia-se naquele um sincero entusiasmo por seu objeto de conhecimento. Ao fim de cada aula, quase sempre o frei aparecia com um problema inusitado, fora da matéria do curso; solucioná-lo não resultava em nota ou em nenhum outro tipo de vantagem. Era apenas um desafio que a classe se empenhava em resolver durante o fim de semana.

Numa segunda-feira de agosto, um boato se espalhou entre os alunos: dois dos mais velhos, com permissão para sair sozinhos no fim de semana, tinham visto o frei no bordel da cidade, vestido à paisana. O incidente não tinha maior importância, por ser um colégio laico, e nenhum dos alunos, é evidente, jamais comentou ou fez piada sobre o assunto com ele ou com qualquer outro professor. Mas algo se perdera, algo que fundava a ingenuidade das antigas brincadeiras ou a alegria do frei, e a aula de geometria nunca mais foi a mesma.

PROBLEMA ACADÊMICO

A babá lava a barriga do bebê e Ivo viu a uva. E agora batuca nas teclas uma tese de mestrado sobre literatura inglesa, que faz e refaz e não avança, and there are seven days in a week, Monday, Tuesday, Wednesday, Thursday, Friday, Saturday and Sunday. A babá em questão é sua esposa, prenhe no primeiro ano de faculdade pelo professor assistente, ele, o próprio, cujo salário não é suficiente, como atestam os sindicatos. She had a lovely face, said Sir Lancelot, e o filho é dele. O apartamento é pequeno e há um leve cheiro de urina e de panos fervidos. Sandálias de borracha e um velho vestido; algum dia ela retomará os estudos e ele será professor titular, mas já não estarão juntos and after many a summer dies the swan. Agora, o bebê baba.

NAUTILUS

Arribando em curva, devagar, barco bêbado rumo à entrada do bar, bateu no balcão, Oswaldo! com duplo vê, sai uma gelada, ponto. Força do hábito, mas também três uísques na Boca mais uma ladeira de Consolação, um tiro no bolso, no fígado, no pulmão. Uma gelada.

Considerou a ementa, ou menu suspenso, ou o que fosse; dezoito variedades, com ou sem queijo, talvez comesse alguma coisa, mona lisa, o sanduíche de sabor indecifrável, quattri formaggi e duas rodelas de tomate, as três dúzias de ostras de frequentadores habituais, a grande gorda feia e fácil, achava graça e já a barroca borrasca rugia, a verga grande estirada, a cerveja e o cachalote branco efetuando seu efeito, do lado de lá dos países baixos, lá onde o licor é bom e as raparigas alegres, à espera do seu Ferrabrás Jack, mas já desarvorado intervalou, pagou a conta, atravessou um mar de costas e cotovelos, estilo livre rumo ao banheiro, o mistério do mictório cheio de limão para tirar o cheiro, receita caseira, uma enorme caipirinha de mijo coletivo, as inevitáveis piadas, all the tired horses. A última gota.

De alguma maneira de volta à calçada, o giroscópio avariando possíveis nenhumas curvas da Maria Antônia, sem peitos, sem bunda, plana por sorte, só evitar a queda com um pé. Depois o outro.

Diante da esquina, diante do portal, uma lanterna, um mercado vinte e quatro, um litro de leite para amanhã, no futuro adeus pertences, longa vida ao leite, Lili, e aí entreparou, porque a descida, escura como um grande sertão, mas Dona Veridiana disse: vem! e abriu as pernas na noite, pra baixo toda a Santa Casa estaria cercada de putas a dez mangos a rapidinha, ao longe da Rota a sirene, então amarrou seu mastro e, por entre estreitos de bocetas largas, foi. No fundo, no fundo... no fundo. Mais um bar, Novidade, cintilando na noite como um fanal para pequenos marinheiros, Dietrich em negativo, sorrindo sozinha, uma mesa, umazinha, um chopinho, golden oro en su sorriso, licença um minuto e onde está ela, negra na noite e as rosas em maio; tudo bem, um dia é da caça, outro da pesca. Outra conta, outra soma, outra subtração; bom, aproximadamente meio litro. Aproximadamente.

Descarregou, sem estiva, os humores da noite às portas da igreja do Evangelho Quadrangular; os fiéis, Pitagóricos ou Adoradores dos Noventa Graus, deviam estar dormindo, nenhum cérbero. Ascendeu à superfície do nono andar, ali onde Penélope não estaria, a pele luminosa à espera, à espreita no quarto, no terço, na cama, outra vez apenas a tapeçaria desfeita, uma privada, o derradeiro enjoo, o leite, o leito. Bateu a porta, bloom.

O SEDOSO DE SULE SKERRIE*

O Sedoso é estranha criatura e sua morada é em Sule Skerrie. Ao sair do mar, transforma-se em galante homem e costuma tomar uma mulher como esposa, matando-a ao amanhecer, quando recupera a forma de fera. Senhoras, cuidado com o Sedoso vindo de Sule Skerrie.

* De uma balada do século XVI, da mitologia das ilhas Órcadas, um parente do nosso Boto. "Sedoso" é a tradução etimologicamente incorreta de *Silkie*, já que a palavra deriva de *seal* (foca), e não de *silk* (seda). Mas me parece adequada, considerando a maciez da pele e as insidiosas qualidades da besta.

Mulheres aceitam de bom grado suas carícias e afagos, mas – após o amor e o sono – quem é o monstro que surge diante delas? O Sedoso vindo de Sule Skerrie.

Uma jovem, alvo de seus sorrisos e encantos, estava faminta de amor. Conhecia, porém, o segredo de Sule Skerrie e não era tola. Assim, enquanto o Sedoso lhe beijava o ventre, esfregou-lhe a nuca com grama das ilhas Órcadas, a qual tem o poder mágico, vejam vocês, de eliminar a fera de Sule Skerrie.

UMA COISA NÃO TEM A VER COM A OUTRA

Dizer que Baron Samedi era azarado é incorreto; sendo apenas um cavalo de corrida, não lhe importava ganhar ou perder. Pessoas criam mitos e lendas em torno de estátuas de santo ou carcaças de animal para saciar sua fome de transcendência. Analisado friamente, seu currículo era superior ao de qualquer cavalo brasileiro da mesma geração, tirando quatro ou cinco. Mas as coisas são como são. Parte da fama talvez derivasse do nome sinistro, mas o que o marcava no imaginário dos turfistas era a coleção de segundos lugares em páreos clássicos. Colocações honrosas, essas, porém ao mesmo tempo vitórias que lhe haviam escapado por um detalhe ou outro. Pouco importava o triunfo na última prova da Tríplice Coroa ou o diagnóstico de nutaliose depois de chegar em segundo lugar no Grande Prêmio Brasil. Azarado.

Era um castanho enorme, o Baron, perto dos quinhentos e trinta quilos. Depois de quase um ano fora das pistas, curada a afecção, o cavalo reapareceu no Grande Prêmio São Paulo. Pelo currículo, e por estar mais velho – quase em fim de carreira –, carregava no lombo o peso máximo do páreo, sessenta e dois quilos menos um, descarga permitida por ser montado por aprendiz e não por jóquei pleno. Isso indicava não uma ingênua estratégia para diminuir o peso, mas o simples fato de que até seu antigo e habitual jóquei o trocara por montaria melhor. O rateio de vinte e dois por um atestava isso.

Para um aprendiz, montar em um Grande Prêmio é um momento de glória, ainda que sobre um animal sem maiores chances. Ao alinhar no partidor, entretanto, é provável – e apenas humano – que o rapaz tenha sonhado com algo além de mera figuração. Quem sabe o velho campeão voltasse a correr como antes. Ao longo de dois minutos e vinte e seis segundos, o inesperado pareceu ocorrer. No final da reta oposta, o jovem sentiu que sua montaria galopava fácil e pedia rédea. Começou a ganhar posições no alto da curva e saiu dela aberto, colado à cerca externa. Já estava no pelotão da frente, e nos duzentos metros finais tomou a ponta sem esforço aparente. Um grito de alegria e surpresa elevou-se das cadeiras do padoque, onde a turma de aprendizes acompanhava o páreo ao lado de outros profissionais. Então, o erro que jóquei experiente jamais cometeria: faltando uns seis galões para a chegada, o rapaz deu a corrida por ganha e desarmou o cavalo, enquanto lhe dava palmadinhas carinhosas no pescoço; já estava a posar para a foto da vitória. O descuido foi suficiente para que, lá por dentro, na cerca interna, o favorito do público colocasse o focinho à frente ao cruzar o disco. Essa foi a última corrida de Baron Samedi. O aprendiz que o montou, Estevão Pilnik, morreu ao cair de um potro semanas depois, durante um treinamento de rotina.

ETTORE BOTTINI nasceu em Blumenau, Santa Catarina, em 1948. Iniciou estudos superiores na Marinha de Guerra, mas trocou o projeto de uma carreira militar pela faculdade de arquitetura, que também abandonou depois de alguns anos. Da década de 1980 até o fim dos anos 1990 trabalhou como artista gráfico, criando, no período, algumas centenas de capas de livros para diversas editoras. Faleceu em 20 de dezembro de 2013.

Epígrafe (p. 7) frase inserida na tradução de *As minas do rei Salomão*, de Rider Haggard

coordenação editorial Heloisa Jahn
assistente editorial Raquel Toledo
preparação Ciça Caropreso
projeto gráfico Paulo André Chagas, Tereza Bettinardi
revisão Ana Cecília Agua de Melo, Carlos Alberto Inada
produção gráfica Aline Valli

Nesta edição, respeitou-se o novo Acordo Ortográfico da Língua Portuguesa.

Projeto realizado com o apoio do Governo do Estado de São Paulo, Secretaria da Cultura, Programa de Ação Cultural 2013.

Dados internacionais de catalogação na Publicação (CIP)

Bottini, Ettore [1948-2013]
Uns contos: Ettore Bottini
São Paulo: Cosac Naify, 2013
128 pp.

ISBN 978-85-405-0585-8

1. Ficção brasileira I. Título

821.134.3 (81) CDD 869

Índices para catálogo sistemático:
1. Ficção: Literatura brasileira: 869

COSAC NAIFY
rua General Jardim, 770, 2º andar
01223-010 São Paulo SP
cosacnaify.com.br [11] 3218 1444
atendimento ao professor [11] 3823 6560
professor@cosacnaify.com.br

ISBN 978-85-405-0585-8

fontes Abril, Neutraface
papel Pólen bold 90 g/m²
impressão Geográfica